RAINBOW I 088

시간의 얼굴

김태실 시집

시인의 말

초판 발행 2021년 4월 10일
지은이 김태실
펴낸이 안창현 **펴낸곳** 코드미디어
북 디자인 Micky Ahn
교정 교열 이형욱
등록 2001년 3월 7일
등록번호 제 25100-2001-5호
주소 서울시 은평구 갈현로 318-1 1층
전화 02-6326-1402 **팩스** 02-388-1302
전자우편 codmedia@codmedia.com

ISBN 979-11-89690-48-9 03810

정가 12,000원

번역 김동욱 | Dong-wook Kim, the translator

obtained a Ph.D. in English literature at Sungkyunkwan University in Seoul, Korea. Has taught English and English Literature at the same University and several other universities for over 20 years. Writing poems in Korean and English as a poet. Has translated Tae-Seung Yoo's poetic book, The Scent of Golden Pines from Maroomoteh, Ji Yeon Kim's short story, A Man of High Caliber, and hundreds of other individual poems into English. Translating and publishing Korean poems into English regularly with the monthly magazine Gong-Gan Poem Reading Club as a regular member of the club named the same as the magazine above. Email: dwk5339@naver.com

시간의 얼굴 | 김태실 시집

김태실

비탈에 선 나무 사철을 지내며 계절의 얼굴과 마주한다. 향긋한 꽃향기 미풍에 휘날리고 햇살 따스한 시간, 행복의 문패를 달았다. 순간, 된바람 불고 폭풍우 다가와 오른쪽 굵은 가지 하나 꺾였다. 어깨 한 쪽을 축 늘어뜨리고 서 있는 나무.

칠흑같이 어두운 밤, 하늘의 별도 달도 숨은 밤, 온몸을 떨며 견딜 수 있었던 것은 내게 붙어 있는 가지들의 힘이다. 뿌리조차 들썩이던 절망에도 해맑게 웃는 가지 끝 푸른 잎들, 일어서야 할 이유였다.

일세기쯤 살아온 고목에 비하면 턱없이 모자란 세월이지만 반세기를 훌쩍 넘긴 시간 동안, 스치며 지나는 계절의 소리를 귀담아들었다. 가슴에 흰 구름으로 피어나는 메시지를 꽃피웠다. 비 오면 비꽃, 눈 오면 눈꽃을 밀어 올리며 다시 오는 계절의 능선에 가닿는다.

나무뿌리, 흙을 단단히 움켜쥐었다. 둥지에서 울리는 청아한 지저귐, 사랑스러운 새들 덕에 웃는다. 눈물과 웃음이 공존하는 세상에서 진실을 꽃피워야 하는 소명, 바람의 나이테를 넘기며 새긴 흔적이 내 시의 밑동이다.

'세상은 고통으로 가득하지만, 그것을 극복하는 사람들로도 가득하다'는 헬렌 켈러의 말을 되새기며

나는

또

시를 산다.

2021년 4월

김태실

차례

1부   사막고양이

2부　A4

차례

4부   나뭇잎 새

6부   바람의 집

햇살 손잡고 떠난 물의 혼
한 줄 두 줄 새겨진 자국
비어있어 더 선명한
그대 사랑

-「자국」 중에서

1

사막고양이

호명호수

이곳에 오면 누구를 불러야 할 것 같아
가만히 입을 달싹인다
내게 살았던 사랑스런 짐승
집채만 한 산, 버들 같은 마음으로
쉼 없이 나를 부르던
이제 내가 그를 부른다
당신, 한 마디 했을 뿐인데
호수 하나 통째로 들어와 앉는 가슴
잘 있나요, 바람 이리 살가운데
호수 끝으로 새 한 마리 빠르게 날아간다
어디 숨었는지 다시 오지 않는 사람

나는 진종일
그를 부르며 서 있다

천년의 의미 1

지상의 생애 종지부 찍고
희로애락의 몫을 떠나는 날은
받은 선물 포장을 푸는 날,
햇살과 놀던 시간 침묵에 들고
고요히 허물을 벗는 소리
영원의 꽃집에 안착하면
그곳엔 또 다른 빛으로 가득하다, 새 삶
잠들지 못한 잠을 찾아 헤매지도 않고
고난의 허공을 걷는 발길도 없는, 불멸

흐르는 시간 속에
축복의 선물 어깨에 메고 오늘을 사는
나비들

천년의 의미 2

잃어버리기 전에는 알지 못했다
소중한 것을 잃어버리고
덜컹이는 두려움과 허무 속에
누에고치가 되어 뒹굴던 벌레
또 다른 내가 낯선 길에서
잠들지 못하는 잠을
찾아 헤매야 했다
떠나보내기 전엔 알지 못한다
그대를 떠나보내고 나서야 알게 된
가슴 저미는 일
의미 없는 생의 끈이 의미를 찾기엔
오랜 시간이 필요했다
낮밤 어둠에 갇힌 고문의 날
숨 쉬자고 하늘을 보았을 때
시간은 빠르게 흘러가고 있었다

잃어버린 다음을 아는 건
시간이라는 인생뿐

사막고양이 1

그거 알아
물 없는 사막에서 죽지 않는 법
나는 물을 마시지 않아,
대신 피를 마시지
사냥감이 내 눈에 갇히면
아주 작은 쥐 한 마리도
때론 독사도
그가 살아온 일생을 먹어치우지
그 힘으로 불타는 사막을 살아
불을 밟고 다녀도 타지 않아
사람 손길에 지그시 눈을 감고 만끽하는
그런 고양이와는 달라
작고 앙증맞은 나
길들이려고 하지 마
구천오백 년 전부터 살아온 조상의 고향
사막 바람 속에서 혼자 사는 일
내 고향을 떠나고 싶진 않아
그냥 바라보기만 해
그걸로 우리 사인 충분해

밤이면 쏟아지는 별을 덮고 누워
가장 작은 별과 눈을 맞추는
그게 나야

사막고양이 2

이글거리는 아지랑이
신기루 속 당신이 있네
그대 내게 올 리 없고
나 그대에게 갈 수 없는데
모래바람 눈을 따갑게 하네
뜨면 당신이 보이고
감으면 내가 있어, 바람은
사막에 있다는 걸 읽게 해주지
당신은 신비 속에 싸여 있고
나는 세상일에 잡혀 있어
그대 있는 곳 더듬지 않아도 알아
불을 밟고 다니는 고양이 불새가 될 때까지
우리 바라보기만 해

며칠, 여행 다녀올 수 있는 곳이 아닌
무기한 닫힌 문
은막의 커튼 들어서면 사라질 신기루
그대, 날개 접은 새 알아볼 수 있을까
막 뒤에서

어디로 가는가

버스 경로석에 앉아 있던 사람
운전석 가까이 가서 묻는다
거기 가지요
거기에서 오는 거예요, 내려서 건너가서 타세요
행선지 반대 방향으로 달리는 차 안에서
도착지를 꿈꾸었다
목적지를 잃고 헤맨 여백의 시간
손금 타고 흐르는 침묵
썩어 물크러진 감 한 덩이에 붙어
오글거리는 날파리처럼
진득한 단맛에 취한 자리
목숨은 거기도 여기도 있다
거기에만 하루살이가 살지 않고
여기에만 하루가 있지 않고

인생은 자신에게 주어진 길을
자기만의 보폭으로 걸어가는 것
날벌레들의 하루는 길다

모래시계

사막의 말은 부드러운 듯 깊다
알갱이 하나로 시작한 생
미세한 움직임 허물어
약속의 시간에 금을 긋는다

수북이 쌓은 모래섬을 삽시간에 부수고
직선의 길 세워 낡아가는 지금
목숨의 언어
사막에 영원은 없다

바람의 손에 이끌려 위치를 바꾸는 모래무덤
펄럭이는 옷자락을 소리 없이 묻고
안간힘으로 피운 풀 한 포기
구들장처럼 딛고 서서
한 치의 여분도 주지 않는 단호한 칼날의 얼굴
이내, 허공으로 영혼을 뿌려
날카로운 곡선의 길을 낸다

낱낱의 줄을 갈래로 풀어

느슨히 지나던 삶, 흰 깃발을 흔들며
더 이상 밖을 내다볼 수 없다 포기할 때
시간이라는 거대한 산은
움직이던 작은 생명 속으로
깊숙이 가라앉아
제 모습을 드러내지 않는다

단추

호된 바람에 두 조각난 단추
세상 옷에 기대어 있다

우그러지고 이가 나간 단추 더미
깨어져본 적이 있는 이들 모여
서로의 슬픔을 내려놓는다
기울어진 평형은 내 잘못이 아니야
마주 보는 몸의 어긋난 쪽을 향한 시선
제멋대로 뒤틀린 손가락도
내 뜻이 아니야
폭탄이 터진 검은 웅덩이 속에 잠겼다 나오면
앞뒤 없는 단추가 되지
목소리가 꺾여 울다 마는 새처럼
뒤뚱대는 걸음 지팡이에 의지하고
대신 걸어주는 휠체어를 다리라 믿으며
희망이 주는 숨 받아 마시는 존재
주먹만 하거나 작은 플라스틱이거나
새끼손톱만 한 똑딱이라도 피는 뜨거운 것
맑은 햇살로 퍼지는 옷깃에 기대어
매일 삶의 소리 다는 새
세상 옷에 파도를 그린다

거울

나뭇잎 배에 올라앉은 애벌레

삶의 흔들림 따라 흘러와

아늑한 모서리에 기대어 있다

부여잡은 잎은 단풍으로 물들고

그 빛깔, 카멜레온이 된다

찢기고 얼룩진 자국, 세월의 나이테는

진실을 횃대처럼 쥐고 있다

계절은 거부할 수 없는 신의 손

언제든 바람 타고 뛰어올라

그 정원에 가닿는 꿈

지그시 바라보는 눈빛

이내, 나뭇잎도 벌레도 아닌

카멜레온 한 마리 꼬리를 흔들며 멀어진다

허공처럼 비워지는 나

시간의 얼굴

문을 밀고 한발 내밀자
용광로처럼 달궈진 열기
생경한 듯 느리게 흐르는 풍경
나는 햇살 한 입 베어 먹는다
다시 밟을 수 없던 길
사람에 섞여 횡단보도를 건너는데
이게 삶이지, 살갗에 앉는
따가운 햇살이 말한다

빙판 위 스케이트 날처럼 회전하고
순간, 꽃잎 절반이 떨어져 나갔다
단숨에 수십 년 지기가 되는 곳
스침, 우리 생에 풀어야 할 숙제를 마치고
그들이 말없이 떠난다
나도 잠시 머물다 자리를 비웠다

손 위에 놓인 시간을 들고
낯익은 현관을 들어선다
다소곳 놓여있는 신발 한 켤레
식탁 위 개운죽 푸른 팔로 마중한다

온몸 파고들어 숨 쉬는 생환

심장박동에 섞인 네 글자를 생각한다

고스란히

안녕히

무슨 일로 이 밤
앰블런스 소리 진동하는가
어느 하늘 님이
지상의 손을 놓는 중인가
벌떡 일어나 창밖을 보니
가로등 불 얌전히 밝힌
도로 옆길이다
병원 침대 한 칸 사
끝내 돌아오지 못한 사람처럼
이 밤, 옆 동네 누가
지상의 손 놓는 중이신가

하늘에서 내린 눈 흔적 없이 사라지듯
흔적 지우기 위해 하늘로 오르는
절박한 시간
사랑하는 이 손 맞잡고
말 없는 한 마디 뜨겁게 전하며
물이 되고 있을 눈 한 덩이
까만 하늘에 별처럼
법문 심고 있다

이제 웃어요

팔이 부러졌어요
당신의 손을 잡을 수 없어 슬펐지요
넘어지며 넘어지며 다리가 부러졌어요
삐걱이는 뼈와 뼈를 붕대로 감고
뒤뚱이는 걸음으로 빗길을 걸어요
폭풍우 몰아칠 때 휘청대며 흔들렸지요
잡히지 않는 중심을 허공에서 찾으며
쓰러지기를 수천 번
가슴 깊은 곳에 숨겨둔 눈길은 살아
당신을 보고 있네요
알전구가 집안을 비춰요
샅샅이 드러낸 뼈대들
귀퉁이 어디에도 숨을 곳이 없어요
너무나 환해서
어둠의 그림자가 사라져요
한쪽 팔을 잃었지만 지금은 울지 않아요
길이 보이네요
눈이 열려요
당신, 이제 웃나요

한 권의 책

하늬바람 지나도 흔들리는 집
이유 없이 떠는 창틀마다 관절 삐걱인다
높새바람 같이 걸을 때
들끓던 생기 하나 둘 떠나고
가벼운 집안에 아무것도 남아 있지 않을 듯
자꾸 비워가는 저 집
갈피갈피에 새긴 물 빠진 글씨
덧칠하며 지워지며 오래 왔다
내려놓지 못한 불그스름 하나
천천히 뒤척이며 무어라 하는데
뿌리와 덩굴은 서로 다른 곳을 향하고
언젠가 맞닿을 꿈 향해
지금 걷는 중
지금 가는 중
호흡 꽃 필 때까진 살아 있기로 한다
스스로 덩굴 끄트머리 자르지 않기로 한다
모두 지나간 길 벗어나지 않기 위해
오늘도 그림자 족쇄처럼 매달고
흔들며 흔들리며 발걸음 떼는
허공 한가운데
오래된 바람 한 채

자국

빗물이 돌확 가슴에 그리는 나이테
고여 있는 시간만큼 짙고 엷게
햇볕의 무게에 따라
젖고 마르기를 반복한다
쏟아지는 소나기 받고
풀잎 아침이슬 몇 방울 보태
가득 찼다
마가렛 꽃 한 송이 그림으로 앉혀
푸른 하늘 들인 넓은 가슴
엄지손톱만 한 개구리 뛰어들어
새처럼 난다
물 주름이 돌 속을 파고든다

햇살 손잡고 떠난 물의 혼
한 줄 두 줄 새겨진 자국
비어있어 더 선명한
그대 사랑

섬과 섬

사회적 거리두기
첨단 시대에 찾아온 바이러스 전쟁은
만나지 않는 것이 이기는 방법이다
3주째 밖에 나가지 않은 날
냉동실에 있던 도토리 가루로 묵을 쑨다
산비둘기 구구대는 소리 들리고
맑은 하늘, 산바람 소리 들어있는 도토리
탱글탱글 묵이 된다
네 생각이 났다
나누고 싶어도 나눌 수 없는
자유롭지 못한 시간
지금은 이렇게 있자
우리에게 남은 날이 있으니까
아기는 부쩍 자라고 봄꽃은 피니까

섬에서 탈출할 날을 기다리는 나
빠삐용처럼 나비가 되어 볼까
네가 그립다

코로나도 VS 코로나19

육지와 연결된 긴 다리를 달려갈 수도 있고 유람선을 타기도 하는 휴양지, 미국 최대의 갑부 별장이 있는 곳 누구나 유유자적 꿈길을 거닐 수 있는 섬 갈매기와 백로의 날개에 평화라 쓰여 있어 그 평화 햇살처럼 뿌려 천국은 이런 곳이거니 짐작하게 하는 코로나도, 잔파도에 씻겨간 발자국을 찾으며 바라보는 샌디에이고 다운타운은 별처럼 우아하고 화려해 나른한 평안에 들게 하는 행복의 섬

가둬둔 바이러스 슬그머니 빠져나와 사람 공기주머니를 먹어 치워 보이지 않고 잡히지 않아 부드럽고 가볍게 스며들어 지구촌을 삽시간에 덮쳐 인종을 넘어선 잡식의 입맛, 감춰진 소굴 신천지 바벨탑 와그르르 무너뜨리고 그 앞에서 의기양양한 코로나19 사람 사는 곳 구석구석에 잠식해 철퇴를 휘둘러 세계 곳곳을 돌며 발자국마다 검은 점을 찍는 21세기 감염병

이름은 비슷한데 달라도 너무 달라
2020년 봄

제가 할 수 있을까요

해야학교 학생들은 어딘가 조금 아픕니다

섬 한쪽이 움푹 파여 떨어져 나간 흙과 나무뿌리를
남아있는 섬이 자꾸 불러요
오래전 잃어버린 걸음은 바퀴로 대신하고 꾀꼬리는
숲속 깊이 숨어 갈매기 목소리로 노래해요
흔들리며 느리게 걷는 친구는 새처럼 공기를 가르며 달리는 중이지요
우리는 날 세운 벽을 갖고 있지 않아요
들국화처럼 혼자 있어도 동산의 한줄기 맑은 공기와 어울려 살아요
짧은 들숨 날숨으로 인생을 읽고 침묵의 언어로 삶을 지어요

제가 할 수 있을까요
그럼요 잘할 수 있어요

잃어버린 균형 속에 깊은 바다를 유영하는 고래를 불러들여
시詩가 내게서 걸어 나와요
거품처럼 일어나는 수국꽃을 피워요
한 사람으로 무엇이든 할 수 있다는 걸 알았어요
누구도 대신해 줄 수 없는 나만의 개성 있는 하루를 살거든요
누구에게나 똑같이 주어진 스물네 시간을 살거든요
햇살은 오늘도 나를 비춰주거든요

불가능, 그건 우리를 대신하지 못해요

아주 잘하고 있어요

가을편지

꽃 진 자리 진주 알맹이
그리운 수액을 마시고 매달린
미래를 향한 붉은 나침반
하늘은 푸른 편지지 되어
묵묵히 진솔하게 빚은 무늬를
주홍 글씨로 매달고 있다
나는 언제까지나 허공에
깃발처럼 서있고 싶었다
사라지지 않는 편지가 되어
소식 전하고 싶었다
툭, 바닥에 산산조각으로 흩어져
계절 한철 붉게 익힌 뜨거운 목숨
무게의 높이로 새긴 잔글씨
단맛을 읽는 깨알 같은 곤충 한 마리
오직, 당신에게 전할 수 있는 향기
아롱져 오른다

암벽 타기

까마득한 꼭대기, 가닿지 못할 피안
한 번의 손 뻗음, 한 발짝의 내딛음
바람의 입김에 무던히 흔들려야 했던 삼매

아제 아제 바라아제 바라승아제 모지 사바하
한 번 올 때마다 번개처럼 터지는 깨달음
경계와 경계를 넘어 곡진한 생의 능선

공空의 발판이 된
수리부엉이
가닿지 못할 세계 문 앞에서 회오리 되어
새 능선을 향해 발짝을 뗀다

이쯤에서 우리 약속하자
너를 내 가슴에 묻고
나는 네 가슴에 묻혀 살겠다고

−「A4 −7」중에서

2

A4

A4-1

- 삶

달콤하거나 매운 내 진동하는 바다
바람의 채찍질에 달리기를 멈추지 않는 말처럼
철석이며 꿈틀대는 파도 그린다
우뚝 서있는 등대
나선형 계단 밟고 오르며 삐걱대는 소리 줍고
물새 발톱에 할퀸 바람의 핏방울 두둑 떨어지는데
지켜보는 햇살에 거듭 마르는 파피루스
언뜻언뜻 비치는 작은 불빛의 하루
깊은 이름 부르며 어설프게 수놓는
깨알같이 이어지는 숨소리
노을 진 오늘 받아 안는다
건들바람에 움츠린 서툰 그림으로 앉을 때에도
비바람 겁내지 않는 나무 밑동 되어
지그시 가슴 여는 종이 한 장

A4 -2
- 어느 시인의 죽음

포물선으로 이어진 먼 나라 사람의 소식
믿기지 않는 혼돈처럼 눈물 항아리 기울였다
혈관마다 뜨겁게 지피는 슬픔
기울어진 만큼의 울음을 쏟아 놓는다
세상은 축제로 들썩이는데
혼자 지상의 마침표를 찍어야 했던
느린 걸음의 일생

먼 듯 가깝게 나누던 눈빛
생의 길에서 맞잡은 손, 온기 여전한데
흰 종이 한 장 그녀 앞에 내어 놓는다
그려내던 삶의 순수, 마음껏 그리라고
사람들에게 답장이라도 쓰라고
갑자기 떠난 변명이라도 하라고

어느 별엔가 숨어
그 웃음 웃고 있을 사람

보고 싶다

A4 -3
- 가장의 고뇌

　일방통행 팻말 붙어 있는 전신주 앞 한 남자 벼룩시장 신문 뭉치 쑥 빼든다 뛰는 심장 달래려는 듯 봄 점퍼 지퍼 열고 왼쪽 가슴 위에 펫장 덮듯 덮는다

　발걸음 옮기는 사내 가슴 부여잡고 뒤뚱거리며 걷는다 그의 심장에 살아 있는 식구 몇 벼룩처럼 오글거리는데 꽃은 피고 부르는 이 없고 하늘은 흐린가 목련 촉에 긁히는 바람의 긴 무늬, 파도

　필요한 종이는 멀고 필요 없는 종이는 가까워
　회색 길에 찍히는 흔들리는 발자국
　봄바람 무심히 따라가고 있다

A4 -4
- 숲 그리운 나무

벽에 붙어 벽이 되었다
애초 단단하게 살 생각은 없었다
허나 세상은 내게 자유를 허락하지 않았다
햇살, 바람의 날갯짓 인장처럼 새겨
요지부동 움직이지 말라 한다
그게 자유라 한다
이방무늬 열린 계단을 올라서면 이방무늬
사방무늬 펼친 길을 향하면 사방무늬
무늬 입힌 옷 한 겹에 물든 몸
그게 자유라 한다
바람이 켜던 빛의 가락 속에
팔 벌려 희망 맞잡았던
작은 친구의 노래를 기억하는 가슴

벽에 붙어 벽이 된 벽지
오늘도 귀 열어 숲 이야기 듣는다

A4 -5
-남북 포옹

종달새 지저귀는 소리 넘지 못한 선
기다려도 들려오지 않던 봄노래
눈 깜빡할 사이 풀렸다
육십오 년을 뛰어넘은 단 한걸음
남한강과 북한강이 섞이듯
투명한 담 무너지는 따뜻한 파열음
울컥이는 가슴 끌어올리는 장면이다

봄 흐드러지게 피는 희망의 빛
열려 있으나 닫혔던 벽 문을 열었고
뚫려 있으나 막혔던 길 바람 흐른다
세계의 귀와 눈 모은 JSA에서
'전쟁은 끝났다' 나누는 포옹
그 협정 다소곳 받아 적는
종이 한 장

A4 -6

- 남북 평화 협정

편 갈라 내다보던 바깥

뜨거운 김 한계에 이른 압력솥이었다

서로의 가슴 산산조각 날까 움츠리던

그 불안 끝내기로 한다

서슴없이 '안녕'이란 팻말을 집어 들었다

손과 손 따뜻하게 잡는 안녕의 시작

가슴과 가슴 맞댈 때 한 발짝 앞선다

지구촌 초점이 하나로 모아진 날

휴전이여 안녕 서로의 가슴을 향하던 총부리여 안녕

육십오 년의 정전이여 안녕

확성기 방송이여 안녕 분단국가여 안녕

2018년 4월 27일부터 우리는 안녕하기로 했다

봄이 낳은 말, 안녕

깨끗한 종이에 '평화'라고 쓴다

A4 -7

세상의 약속이란 약속은 네게 얼굴 묻는다

풀꽃 첫 기록을 시작으로

나무 한 그루 오래 앉히기도 하고

개미 짓밟혀 가루 될 때

네 선언은 빠져나가지 못할 주사위다

수마가 할퀴거나 불꽃에 재 되어도

얼음장처럼 차가운 획은 조금의 양보도 없다

생의 밀물과 썰물 가운데 있는 너

누구나 통지서 받는 날 있다

조용히 묵언에 들게 하는 그것

아무도 깨지 못할 약속의 얼굴

이쯤에서 우리 약속하자

너를 내 가슴에 묻고

나는 네 가슴에 묻혀 살겠다고

나는 사라져도 너는 남을

맹세의 발자국

A4 -8
- 생의 끈

물밀듯 몰려왔다 사라지고
새로운 물 들이치듯 스쳐가는 호모 사피엔스
대낮, 에버랜드 거북 두 마리 꼭 붙어있다
아이들 눈높이 투명한 유리창 안
"아빠, 거북이 뭐 하는 거야"
"응, 업어주는 거야"
자신의 몸보다 큰 종을 등에 매달고
천천히 앞으로 기어가는 암컷
역사를 쓰고 있다
아이 눈에 비친 알 수 없는 자세
족보를 쓰기 위한 필수적인 요소다
본 듯 안 본 듯 눈길 사로잡으며
몇 세기를 잇는 생명의 되풀이
거북이 작은 알속에 꿈틀대는
생명체 품은 듯 따뜻한 가슴
오래도록 이어진 대물림
거룩한 쓰기, 쓰기들

A4 -9

- 산화한 젊은이들을 위해

채우지 못한 시험지 너머

미처 건너오지 못한 생

흑백의 가림막 뒤에서 웃고 있다

송홧가루처럼 날려 네게 갈 수 있다면

발목 잡힌 숫자에 멈춰 선 너를 만날 수 있을까

하얀 꽃으로 피어 나의 기억을 먹고

팔랑대는 날갯짓을 삼키고

발걸음에 매달린 시간 따라온

누런 갱지 어디쯤

서성이는 네가 있다

구획마다 칸칸이 들어앉힌 방

닳지 않은 계단을 밟고 건너와

오래 기다린 듯 낡은 우산을 들고

빛바랜 탱자 빛으로 웃는 너

눈 마주친 후 비로소

우주에 자리 잡은 지구별처럼

갱지에 안착하는 이름

젖은 산화

A4-10
- 투신자살한 청소년을 기리며

깃털, 평안에 드는 궁

그런 집 하나 짓고 싶어

무게로 무게를 깨뜨렸다

구석에서 몰래 뿌린 눈물의 흔적

얼룩 남긴 아파트 꼭대기에서

키만큼 쌓아 올린 삶의 깜지를

흐드러진 꽃잎처럼 흩뿌린 젊음

흔들려도 부서지지는 말아야지

어쩌자고 사람들 가슴에 무거운 돌덩이 안겨

하늘 바라볼 수 없게 만드는지

네게 던진 '힘내'라는 말

주위를 맴돌고 있다

삶과 하나 될 수 없어 바람을 택한

껍데기 없는 종이가루

적멸에 든 새

평안하니

A4-11
- 폭염 속 노동자들

백 년 만에 찾아온 폭염
염천에 저들은 무슨 일을 저렇게 하나
시멘 드럼통을 끌고
아스팔트 단면을 자르고
흙을 퍼 올리고
온열 질환자 죽음이 서른일곱 번째 점을 찍던 날
그들의 한낮에게 소리쳤다, 쉬세요
제발 쉬세요

우리는 쉴 수 없어요 살기 위해 쉬지 않아요 쉬는
것보다 죽는 게 나아요 방에 빛이 들지 않아요 싸늘
하게 얼어 가는 집의 온도를 올리기 위해 몸의 온도
를 올려요 그럴 때 빛을 머금은 종이는 가까워지고
얼굴빛도 살아나요 따뜻한 종이 숫자를 늘리기 위해
절벽에 매달려요 죽음과 마주한 삶이 생이지요 건지
고 건지다 건질 것이 없으면 그때 시원한 곳에서 쉴
거예요 걱정 마세요

펑 도는 게 팽이만이 아니다

A4-12
- 생

바다를 껑충 뛰어오르는 물고기
솟구치는 열정을 어쩌지 못해
온몸을 던졌다
웃음 한 바구니 피우고 눈물 한 방울 뿌리다가
뜰채에 건져 올려
버둥거린다, 뒤뚱대다가
겨우 돌아온 터전에서 헤엄치는 숭어 한 마리
가슴 깊고 가벼운 숨 내쉴 때마다
수많은 자국, 쓸 만한 알맹이 몇 개인지
침묵하는 세상과 입을 맞춘다

눈물이거나 희미한 웃음이거나
꽃의 향기
목숨으로 그려내는 몇 개의 발자국

A4-13

- 극과 극

모였다가 떠나고 다시 모이는 버스정류장

누가 갖다 놓았을까, 얼음덩어리

화분에 심긴 꽃나무처럼

박스 한 자락 깔고 선 투명 냉동고

흘러내리는 뼈의 눈물은

너를 위한 기도

깊이 얼려놨던 정성을 풀어

갈색 종이에 물의 글씨를 쓴다

멀리 떠난 듯 떠나지 못하는 기억

눈앞에 둥둥 떠다니는 먼지 알갱이

흘러내리는 얼음의 뼈에 뛰어들어

날개 없이 비행하는 투명한 새가 된다

흔적은 사라져도

공중으로 날아오른 염천의 날갯짓은 살아있어

가슴, 가슴에 피는 행복의 기운

극과 극은 사랑이다

한 가닥 뜨거운 소망이다

A4-14
– 아픈 기억

그의 가슴은 언제나 비어있다
너른 그곳에 뛰어들어 헤엄을 치기도 하고
낚싯대를 드리우기도 했다
때론 끈적한 뻘 속에 빠진 발을
어렵사리 꺼내 내딛다가 다시
그 속에 빠져 꼼짝 못 할 때도 있었다
오직 허우적대는 일이 내가 해야 하는 일처럼
다른 것은 생각할 겨를이 없었다
겨우 빠져나와 뻘 묻은 발자국을
눈물처럼 찍으며 걸었고
그 자국은 희미해져갔다
이제 그의 가슴에 한 그루 나무로 섰다
펼친 가지만큼의 넓이에
오롯이 쏟아낸 물든 단풍들
이것이 흔들린 깃발이고 자취다
나는 뛰었고 울었고 노래했다
더는 오른쪽을 향할 수 없는
가닿지 않는 걸음으로 네게 가면
노오란 빛으로 와닿는 목소리
고스란히 남은 흔적에
달빛 따스하다

A4 -15
- 생의 기쁨

겨울이 오면
하루 만에 봄으로 간다

12월, 한파 속
은빛 티켓을 가슴에 달고
천사의 도시 엘에이를 지나
그녀가 사는 샌디에이고에 가면
바람에 춤추는 야자수 잎
플루메리아, 부겐빌레아, 디모르포세카
온갖 꽃 잔치 속에서
나는 봄이 된다

귀에 익은 노래, 반짝이는 불빛
이국의 크리스마스는
해마다 안겨주는 혈육의 선물
연말연시에 피는 염원의 꽃
벽난로 앞 대화는 길고 깊다

따뜻한 겨울, 생의 판화를 찍는
나무 한 그루
봄을 산다

백지로 돌아가기, 어렵지 않아요

여행용 가방에 들어가 몇 시간 몸을 숨기면

조용히 하얀 종이로 변하지요

숨구멍을 짓누르는 무릎의 힘을 받아도

흰 구름으로 바뀌곤 해요

그동안 입었던 옷과 신발

그동안 만났던 인연과 사랑이

한 장의 종이가 되는 일은 어렵지 않아요

백지에 심장을 찍는 일은 너무 어려워요

사진처럼 붉은 삶을 찍어 놓기에는,

남은 자들의 기억에 화인처럼

펄펄 끓는 쇠의 온도를 새기는 일은 힘들어요

우리가 기억될까요

기억이 세상을 바꿀까요

세상의 억울한 죽음은 사라질까요

당신의 눈에서 사라지기를 바라는 우리는

누군가의 간절한 그리움입니다, 그 간절함은

같은 이유 하나로 백지로 떠나요

싱그러운 나뭇잎에 통곡을 실은

소리 없는 울음이 바람에 실려 옵니다

물컹한 글씨가 새겨집니다

---

* 9살 의붓아들을 여행용 가방에 7시간 동안 가둬 숨지게 한 사건(2020. 6. 한국)
* 비무장 상태의 흑인 남성을 경찰이 무릎으로 목을 눌러 죽게 한 사건(2020. 5. 미국)

네 가슴에 피는 미완의 꽃
등뼈를 타고 오르는 수액이다

–「요가」중에서

3

달팽이의 꿈

달팽이의 꿈

달팽이 한 마리 풀잎에 있다
날카로운 그림자의 경계에서
풀숲의 노랑을 퍼마시는 허기
저 빛깔 양껏 배불려 원추리 한 송이 잉태하면
내뱉는 날숨마다 등황색 종소리 울려
풀숲 일렁일 금빛 군무

사정없이 내리꽂히던 소나기
몰아치던 비바람 소리 껍질에 싣고
천형의 길 걸어온 서툰 걸음
깨어지지도 부서지지도 않는 빛 속에서
가릉빈가*의 날개를 꿈꾸며
날마다 길어 올리는 달빛의 노래

---

* 가릉빈가: 불경에 나오는 인두조신(人頭鳥身)의 상상의 새. 히말라야 산에
살고 미묘한 소리를 낸다 함.

A Snail's Dream

A snail on a grass leaf:

a hunger gulping down the yellow of the void

standing on the boundaries of sharp-edged shadow.

If it's stuffed full with the tint to be gravid with a day lily,

each outbreath'll come with reverberating gamboge bell sound

to produce a golden dance in the swayed thicket.

The clumsy gait that's trodden the road of scourge,

its crust laden with the ruthlessly piercing showers down

and the ever-sweeping sounds of rainstorms:

In the light never to be broken or shattered,

the moonlight song is daily drawn up

in a dream of Kalavinka's* wings

---

* Kalavinka: an imaginary bird in the Buddhistic scriptures that has a human head and a bird's torso. It's said to reside in the sacred Himalayas and to sing in a subtle fine voice.

비눗방울

빨대 끝에 매달린
한 방울
호--- 몸 불린다
입김에도 사랑이 있는지
맑고 투명하게 세상을 담는다
햇빛 들여 무지개 띄우고
방글 웃다가
물 폭죽 터트리며 사라지는

그리워 그리워서 자꾸 분다
불어도 불어도 꼭 그만큼
살면서 꾸는 꿈 크게 작게 키우다가
그쯤에서 물 폭죽 된 방울방울들
그게 삶이라고
그게 너라고 한다

A Soap Bubble

A bubble hanging

from the tip of a straw

swells with a soft whiff.

As if the puff has love in it,

it harbors the world limpid and transparent.

It takes in sunlight to form a floating rainbow

before vanishing into a burst of watery firecrackers.

In yearnings, it keeps blowing

only to reach its set size over and again.

One grows in life a bubble of dream big or small

that'd in time turn into watery firecrackers.

They say such is life

and so you are.

아기 다람쥐

옹알이를 퍼내는 모습이
꼭 도토리를 갉아먹는 다람쥐다
날아가는 새의 자세로 잠을 자거나
토끼의 날랜 허리로 뒤집기를 하고
잠시의 고정도 허락지 않는
흔들리는 시계추처럼 건들거리는
큰 숲에 든 지 얼마 안 된 새끼 다람쥐
보송한 솜털이 삐죽 솟은 나뭇가지에 쓸리기도 하고
작년에 누운 나뭇잎의 버석거림 두려울 수 있지만
숲속에 마련된 놀이터에서
오물오물 도토리 먹으며 크고 있다
가지 사이로 빛을 뿌리는 하늘
청량한 지저귐 가득한 산
매끈한 터럭 날리며
나무 기어오를 날 멀지 않다

A Baby Squirrel

As if dipping out gurgles,

it commands the figure of a squirrel nibbling at a corn.

Nestled in the big woods a short while ago,

the baby squirrel now sleeps in the posture of a flying bird,

flips over like a nimble-waisted rabbit,

and swings like a swayed pendulum

that never allows even a momentary pause.

While its downy fluff brushes against some pricky twigs

or it may be scared of the rustles of reclining leaves of last year,

it's now growing up mumbling corns

in the well-arranged playground of the forest.

With the sky scattering beams of light through branches,

with mountains full of refreshing chirpings,

it will shortly scale up the tree

waving its sleek hair.

무용담

단어도 발음도 정확지 않은 소리 지르며
22개월 손녀의 손가락이 향한 곳
벌 한 마리 윙윙댄다
식탁에서 일어나 청소도구를 집어 든 사위
몇 번 허공을 휘젓는다
눈길이 따라가지 못할 빠르기로 날다가
식탁 위를 한 바퀴 도는가 싶더니
갑자기 조용하다
왼쪽 어깨에 앉은 벌
조심조심 걸어 현관문 열고 날려 보냈다
돌아와 자리에 앉자
사위의 무용담을 온몸으로 전하는
손녀 아나운서
거실 천장을 쳐다보고 손가락질을 하며
위급했던 상황을 반복해서 표현한다
좀처럼 시들지 않는 열정의 무용담을 들으며
우리는 천천히 저녁을 먹었다

- 1월 2018년, 샌디에이고

A Tale of Heroic Deed

Shouting in unclear words and pronunciation,
my 22-month-old granddaughter points her finger at a spot.
There a bee is buzzing.
My son-in-law gets up from the table to take up a duster
before sweeping it through the air a few times.
The bee flies at a speed eyes can hardly catch up,
making us think one moment it'd circle over the table,
then all of a sudden all getting silent.
The bee settling on a left shoulder was taken warily
out through the front door for its free flight.
Coming back to the table seats,
my dear becomes an announcer
to deliver a tale of heroic deed her dad conducted,
going once and again over the tense moments, looking up
and pointing her finger at the ceiling of the living room.
Giving all ears to the unwithering passionate tale of bravery,
we slowly proceeded with supper.

- Jan 2018, San Diego

요가

너의 몸짓은 감미롭다
수천 킬로 크레바스에서 울려오는
얼음조각 부딪는 소리
음률 타고 피어나는 몸 글자는
꽃이고 별이고 그리움이다
어느 낯선 도시의 걸음으로 다가와
수많은 호모사피엔스의 마음을 훔쳐
블랙홀에 들게 하는,
그 속에서 꽃이고 별인
그리움을 만나게 하는,
마력의 손길은 멈추지 않아
기어이 애인이 되고 만다
사랑이 된다

네 가슴에 피는 미완의 꽃
등뼈를 타고 오르는 수액이다

Yoga

Your posture is sweet.

The sound of ice chunks knocking into each other

reverberating from the crevice thousands of kilometers below;

the body letters blossoming on a tuned string;

you're a flower, a star, a yearning.

You've come near up in some strange urban steps,

stealing countless minds of Homo sapiens,

leading them to the black hole,

where you're a flower, a star,

where you nudge me into yearnings.

Your magic touch doesn't stop here;

you work further to get me amorous of you.

You've come my love.

The flower budding in my heart, though in the making,

forms the sap winding up through the spine.

터닝 포인트

돌아설 필요는 없어
가던 길 계속 가면 돼
바람만 불어도 뼈가 시린
어둡지만 어둡지 않은 길
시리다는 것
이가 시리고 눈이 시리고 귀가 시린
삶이 이슬인 시간
돌아가려 해도 돌아갈 수 없지
나나 무스쿠리는 내게 묻네

와이 워리 나~ Why worry now*
와이 워리 나~ Why worry now*
지금 왜 걱정하는 거야*
고통 뒤엔 반드시 웃을 수 있고*
비 온 뒤엔 반드시 햇살 비치고*

가다 보면 점이 있겠지, 어둡지 않은 점
깜깜한 동굴 속 조각난 틈으로 들어오는
빛줄기 꽂히는 그곳에 서면

The Turning Point

You don't need to turn back.
You need to keep treading the road you've taken;
your bone chills only with scant wind
on the trail that's dark but not dark.
Feeling the chill;
teeth aching, eyes dazzled, ears cold.
Now it's time life felt like dew;
no way to turn back though willed so.
Nana Mouskouri asks me:

Why worry now,
Why worry now.
There should be laughter after pain,
There should be sunshine after rain.*

There may on my way come a dot, a not dark one:
When I find myself standing in the place,
where a ray of light pierces through
a fragmental crack inside a pitch dark cave,

구멍보다 큰 빛이 온몸을 감싸는

그것을 발견하기 전 나는 여러 번 죽지

바닥이 하늘이 되어 죽고 또 죽었지

순간 시린 눈에 뜨인 그 점

빛을 향해 가지 않았어도 이미 그 속에 있게 되지

그건 또 다른 시작이야

또 다른 시작

_____

* Why worry 가사 부분

I shall feel the light larger than the hole embrace my whole body.

I die several times before I find it.

I've died over and again seeing my ground overturn.

Then suddenly the dot comes into my dazzled eyes.

I've never taken the path to the light,

but I find myself already being in it.

That means another beginning,

a different beginning over again.

* Lyrics of the song 〈Why Worry〉 by Nana Mouskouri (1934~)

당신

지울 수 없는 이름이 있다
생각하면 환히 불 밝히는
밝혀진 불 좀체 꺼지지 않는
어둠의 시간에 더욱 환한
숲에 가면 나무로 있고
바다에 가면 물로 살아있는
촛불 켜면 그 속에 고요히 들어앉은
때로는 펄럭이며 마음 흔드는
가슴에 박혀 떠나지 않는
지워지지 않는 사람이 있다
바람은 그대에게로 불고
눈은 그대를 불러오고
빗줄기 가슴 적시면
숨었던 눈물길 내를 이루는, 우리 사이
아무도 모르는 꽃잎으로 피어
눈 감으나 뜨나 떠오르는
그런 사람 있다

You

There's in me a name indelible.

There in me indelible is your presence;

a thought of you lights things up,

the gleaming hardly lets up,

getting brighter in time of darkness.

You stand as a tree when I'm in the woods,

you're quick as water when I'm in the sea.

A candle kindled, you're already settled still in it.

You sometimes flutter to sway my mind,

never leaving me, lodged in my heart.

The wind blows towards you

and snow calls you up.

When my heart is soaked with streaks of rain,

tears from the recess well up to form a rill down.

Eyes open or closed,

there always blooms between you and me

a flower unknown to others.

The flower ever in me.

문

두엄 속을 파고드는 벌레 한 마리
겉은 서늘해도 안은 따숩다

차가운 겉의 삶을 떠나 가운데로 향할수록
뜨거운 열기에 데어지는 얼
양파 껍질 같은 문을 지나며
진액 한 방울씩 흘리며
시간의 도반과 불붙일 뜨거움에 닿아
흰 연기 날려 녹아들어도 좋겠다

가슴 열고 기다리는 동토에
맛난 두엄으로 뿌려져 하나 되는 길
그렇게 문門에 문問을 더하고 문文을 더해서
꽃 피고 새 우는 나무 옆
맑은 물 가슴에
조각구름으로 떠 있어도 좋겠다

따스한 두엄 속
달콤한 꿀이거나 쓰디쓴 질경이 뿌리거나
겁 없는 벌레 한 마리
기어간다

숨이 턱에 찼다는 말

손끝으로 나가 있던 친교의 거리
발끝까지 퍼져 있던 생명의 기운
진군하는 적의 기氣에 몰려
후퇴하고 후퇴해 한쪽으로 모여드는
포로처럼 몰려 하나씩 투신해야 하는
마지막 순간까지 장렬히 싸우다 떠나는
숨
굵고 가는 혈관의 흐름 멈추고
심장 소리 서서히 문 닫아
이승과 저승의 강 넓히며
우리 사랑에 마침표를 찍는

알았네 이제 알게 되었네
눈물의 그 말

물비늘

햇살 가루 온몸에 묻혀
하나의 잎맥으로 피어난 섬
물 위를 나는 새, 조각 잎 하나 물고 멀어져도
제 모양을 흩트리지 않는 빛의 언어
저 물비늘 한 바가지 떠다 머리 감으면
그대 그리움 치유될 것만 같아
바람 속에서 잎맥 환한 섬 바라본다

슬픈 영혼의 눈물이 어둠을 뚫고 나와
미처 다하지 못한 말을 건네는 손짓
저 윤슬 한 바가지 떠다 온몸을 씻으면
어깨에 앉은 그대 흰 그림자
한 마리 새처럼 평안의 숲에 들 것 같아

반짝이는 물비늘 한 모금 마신다
햇살 밝힌 비늘 하나 되려고
눈부신 그리움 한 모금 더 마신다
잎맥 환한 비늘 되려고
순간,
한 줄기로 흐르는 영혼의 안부
어둠 걷어내는 빛의 사랑

그럴 수가 없어요

하늘 별 뜨고 지는 일
지상 꽃 피고 지는 일
그러려니 했지요
바람, 나무 흔들어
이파리 죄다 떨어뜨리는 일
그러려니 했지요
활짝 웃던 태양 구름에 가려도
비바람 그치면 다시 환해지려니
천둥 번개 없이 쓰러진 고목
유성 하나 그 속으로 들어가
하늘 이야기 해 주었나요
첫 울음부터 마지막 숨까지 새긴 한 그루
숱한 껍질 벗어놓고
하얀 연기로 일어서
뒤돌아보지 않고 갔어요
이승의 연 야멸차게 버리고

철새

몸에 밴 시간 나침반으로 겨울을 떠난다
일 년에 한 번
태양과 별이 알려 주는 방향으로
날개 없이 날아 도착하면
얼어붙었던 겨울 강 봄눈 녹듯 사라지고
메말라 먼지 풀풀 나는 풀 위에
촉촉한 단비 내리는
그를 떠나보내고 육 년
비틀거리던 넋의 흔적, 차분하다
혼자가 익숙해지기까지
이천백구십 일을 쉼 없이 날았다
목숨 붙잡기 힘겨울 때면
잠시 떠나 숨 고르고
다시 돌아온 '혼'의 세계
나는 지금 가을을 산다
이승이라는 동네에서, 빛 속에서
따뜻한 온기 발바닥에 감지하면서
낱알 넉넉한 흙 위에 있다

생의 겨울이 찾아와 따뜻한 나라 찾을 때까지

가벼운 날갯짓으로 거주지를 옮길 때까지

철새는 지금, 여기

꿈을 줍고 있다

냉이꽃

그대와 걷던 개울가
냉이꽃 하얗게 피었다
발을 멈추고 현미경 들여다보듯
고 작은 것과 눈 맞추는 당신
예쁘네, 한 마디 한다

꽃말이
내 사랑 전부 드릴게요 라던가
개천의 오리 한 쌍
우리를 따라 물길 걸으며
반짝이는 동그라미 그렸다

잊지 않고 찾아온 계절
개울가 다시 걷는다
휑하게 빈 옆자리
하늘거리는 냉이꽃 여전한데
예쁘다던 사람 어디 갔다

그대 잃어버리고 혼자 걷는 길
실바람, 당신 여백에 들어와

제자리인 양 같이 걷는

냉이꽃향기

그대

날 두고 떠난 그대를 잊기 위해
이름을 쓴다
성을 쓰고 가운데 글자를 쓰고
마지막 자를 쓰지 못하는 이유
이름을 다 쓰고 나면 아주 가 버릴까 봐
아주 잃어버릴까 봐
가슴에 남아 있는 온기
눈길에 살아 있는 모습
그 속에 숨 쉬는 그리움 남겨 둔다
그건 내가 그대에게 가는 길
우리 인연을 지키는 길
사랑은 때로 막막한 어둠에서
별 같은 이름 꺼내보는
그 빛으로 길을 잃지 않는 것

날 두고 떠난 그대를 잊지 않기 위해
마저 쓰지 못 한다
그 이름

다 마르지 않은 빨래

쥐어짜면 물 펑펑 쏟아내던 빨래
탈수 못하고 널었다.
겨우 겉 물기를 걷어내며
햇볕에 말라 간다
죽음 하나 보내고 강물 다 들이켜
솔기로 솟아나던 방울방울
구덕해 보여 꾹 눌러보면
물기 숨어있다
잘 마른 건태처럼 보이는데
눈바람에 얼었다 마르기를 반복한
노릇한 황태 같아 보이는데
답답한 속 시원히 풀어주는
북엇국 되려면
더 널어야 한다
조금 더 말라야 한다
가슴속 눈물 마르기 기다리는
옷 한 벌

2월 16일 '2015

축일, 겨울의 끝자락 봄이 멀지 않은 날 김수환 추기경 축일 성인들은 돌아가신 날을 기념해

동주, 그의 죽음도 2월 16일이지 그의 소망을 우리는 들어야 해 혹독한 어둠이 덮쳐 찬 시멘트 바닥에서 가물거리며 꺼져간 시인

그날을 축일로 정한 또 한 사람, 겨울의 입김은 야속했어 서서히 온기를 빼앗아 가던 기억 영화의 막은 이렇게 끝나는 거란 걸 생생히 보여 주었어

시간의 거리를 넘어 한눈에 알아봤을 만남, 이들은 새로운 나라에서 한 식탁에 마주 앉아 있겠지 같은 축일을 서로 축하하고 있을지 몰라

버스를 타고

100번 버스를 타고 그와 연애하느라
무슨 정거장이 지나는지 몰랐다
그의 눈동자를 바라보고
우리가 낳은 종달새 두 마리의 손을 잡고
밖을 내다볼 겨를도 없었다
아다지오로 흐르는 바람의 손길이 부드럽고
헤라클레스처럼 지구를 받들 힘이 넘칠 때
종달새 반려자 버스에 오르고
그들과 합세해 바둑을 두며
음식을 나눠먹는 재미동을 지났다
육십동과 행복동을 지나 평안동에 이르렀을 때
그가 갑자기 내리겠다 한다
목적지는 아직 멀다고, 옷자락 잡을 새도 없이
일순간 풀쩍 뛰어내린 그의 뒷모습
차창을 스쳐 지나는
플라타너스 가로수처럼 멀어졌다
버스는 여전히 달리고
포르르 나는 아기 새가 눈길을 잡는다
사랑의 기억만 남기고 떠난 동승자
텅 빈 집, 헐렁한 버스

편지

아침마다 창가에 뿌리는 새의 깃털 잠자는 공기 등에 소리 찍는다 바람에 날아간 마음 그 속에 자고 있는 별자리 하나 먼 나라 이야기에 귀 기울인다 매일 들려오는 날갯짓, 알아듣지 못하면서 누구인지 알아볼 수 없으면서 당신이라는 생각

새야
그 이름 일어서게 하는 기별
오늘은 조금 힘을 내도 되겠니

허공을 긋는 바람 한 점 막 돋은 새순 가지로 끄덕인다 달보다 먼 곳에 배달할 안부 한 통 짊어지고 푸른 발짝 떼는 어린 체부 봄 그네에 몸 싣고 눈물짓는 모습 보고 있을 눈동자

오늘도 해 저문다

동거

민달팽이 한 마리 발코니를 기어간다
맨몸이다
하얀 백지를 앞에 놓자 그 위에 오른다
지금은 겨울 같은 초봄
밖에 내놓으면 어느 것도 그를 덮어주지 못해
뙤약볕에 말라버린 지렁이처럼 얼 것이다
화초 응달진 곳에 살며시 올려주었다
살아라
미끈거리는 체액처럼 살아라
눈 더듬이 두 개를 번갈아 내미는 의욕으로 살아라
지금은 겨울 같은 초봄
화초에 물 주던 이는 내 늑골 깊숙이 집을 지었고
움직이는 것은 어항 속 물고기와 시계 바늘뿐
이곳에서 살아라
이 집에서 같이 살자
축축한 화분에 제 몸을 굴리며 기어가는
또 하나의 가족

목숨 한 그루

훠이훠이 걷고 싶다
키 작은 풀꽃과 눈 맞추고
흙 속에 집을 낸 개미처럼 들랑거리고 싶다
때론 숲에 끼어 바람의 가지 흔들고
파도 소리 주워 담으며
허허허 웃고 싶은 한 그루

베이지 않고 쓰러져
흔들리지 않는 낡은 가지 끝
자박자박 시간에 밟혀
옹이마다 진물 흘리며 야위어 간다
나이테 그릴 힘 잃어 몸을 내어준
반쯤 흙에 묻힌 마른 나무
눈꺼풀에 매달린 천근 무게
다시 들어 올리지 못하면
기어이 깊은 바닥과 마주하는 것
작은 새 날갯짓 따라
날아가는 꿈 꾸는

검붉은 어둠 속에 잠겨드는 목숨 한 그루

먼지

부르는 이 없어도 날아와 앉는 가벼움
빈방을 채운다
알갱이 하나 깃털로 앉는 저녁
영혼의 편지 같아 애련히 바라보면
날갯짓에 얹힌 다정한 목소리
별과의 거리는 아무것도 아니지
흔들린 듯 만 듯한 바람 한 조각
달빛의 무게만큼 깊이 내려앉으면
다다를 수 있을까, 피안의 동산
별과의 거리는 아무것도 아니야
아무도 발자국 찍지 못한 곳에서
한순간 가슴으로 스민
흰빛의 말

먼지가 되고 싶어
바람이 되고 싶어
달빛마음 고이 올린 곳에
잠시 머물다 떠나는
연기 한 줌

날개

하늘 없이 사는 일
어항 밖 금붕어 같아
돌아갈 수 없는 어항 속 떠올리며
퍼덕이며,
누군가 뿌려주는 물기에 목을 축였다
육십 년 같은 육 년이 가고
햇살 찾아온 야트막한 언덕
애오라지 한곳만 바라던 눈빛
물감 풀리듯 옅어지고
바람에 일렁이는 들꽃 무리 따라 걷는다
나를 가두는 그물 사라진 지금
날개 접어 깃봉에 가지런한 깃발
바람결에 펄럭이는 구름처럼
자유하다
그래서 미안하다
어느 날
내 푸른 열매들은 미안해하지 않기를
어항 속 날갯짓이
지금인 것을

생을 다하고도 저렇게 반짝일 수 있다면
여럿이 함께 내달릴 수 있다면
외롭지 않겠다

- 「나뭇잎 새」 중에서

4

나뭇잎 새

광대

광대들이 뛰노는 무대
광대 하나 무대 뒤에서
웃고 있다

신명 나게 춤추던 몸짓
푸른 나뭇잎처럼 반짝이던 눈빛
거미줄로 이어진 인연 단번에 끊고
화려한 옷 모두 벗어
달빛으로 갈아입은 광대
그 빛 타고 달에 가면 만날 수 있을까

손 갈퀴로 낟알 모으던 묘기
증류주를 소화해내는 능력
아무도 따라오지 못할 서글픈 재능
모두 내려놓고 웃고 있다
종횡무진 무대를 누빈 광대
그리운 밧줄 타고 꿈에 가면
만날 수 있을까
무대 아래 광대

불통

- 숨바꼭질

달려와 그의 집 앞을 서성인다

차마 대문을 열지 못하고

잘 있을까, 잘 있겠지

혼자 안부를 묻다가

봄꽃에 눈길을 맞춘다

꽃은 얼굴을 내밀어 존재를 알리는데

그는 뒷모습 한 번 보이지 않는다

꼭꼭 숨었다

소식 없음을 소식으로 알아야 하는

무심히 지나는 바람 곁에서

창문을 기웃거리는데

멈추어 서서 들여다보는

추모의 집 23512호

비겁하게

이렇게 오시다니요

무대와 객석에서 마주친 눈빛 내 차례를 놓치고 허둥대며 올라선 곳 바라본 당신은 그 모습 그대로 전선처럼 눈빛이 이어진 순간 슬그머니 옆 사람 등 뒤로 사라지는

부르지도 못하고 부를 수도 없는 때만 오십니까

낯익은 체크무늬 셔츠를 입었군요 고급 물비누로 살살 손빨래를 하던 옷 내가 가는 곳마다 당신이 따라왔습니까 나는 볼 수 없는데 언제나 보고 있었습니까

밤은 아니었습니다 해도 없었습니다 그냥 우리의 눈빛만 존재했습니다

떠날 수 없는 나무가 되어 서 있습니다 살그라 잘 살그라 비처럼 뿌려주는 숨 받아 쉬면서 타전하는 당신 옆자리는 비워두십시오

나는 때 없이 부르고 당신은 꿈에만 다녀가십니까

하루 1

돌아오지 않기 위해 간다
살아갈 요기, 버틸 힘을 챙기고
거리와 거리 점을 찍고 선을 그으며
나 없는 내가 되어 산다
염천이나 한파에도 돌아올 줄 모르는
죽음과 떼려야 뗄 수 없는 삶
그 언저리를 떠도는 이방인
햇살 사라진 거리에서 비바람 맞으며
몸 부비는 나뭇잎 소리 듣고
그늘 빌려 잠시 피안 너머의 삶을 들여다본 후
찢어진 깃발처럼 해진 마음으로 하루의 끝에 머물면
낯익은 얼굴, 나를 기다리고 있다
내가 그를 찾아 헤매듯
그는 나를 기다렸구나
비인 듯 비어있지 않은
가두기도 하고 해방시키기도 하는
그대와 나의 인연

하루 2

사진 속 민낯을 마주하며 쌓이는 틈
정겨운 텃밭의 지난 시간
잊었는가 하면 떠오르고
떠났는가 하면 생각나는
자리 깊은 사람
이만큼 와버린 시간 끝에도
사라지지 않는 눈빛
안부 묻는다
어두워질 수 없어 어둡지 않은
기억의 방 창가에서
바람결 소식 귀 기울일 때
달빛 향기로 안기는 혼의 가벼움
한 가닥 빛 되어
그대에게 가고 싶은 하루

문득 먼 곳에서 들리는
실바람 같은 음성
꽃 피겠다

나뭇잎 새

도로 위, 반짝이는 저것
가지에 목숨 기대 팔랑이더니
어느새 날개 달고 햇볕이다
우루루 몰리는 청아한 소리
생을 다하고도 저렇게 반짝일 수 있다면
여럿이 함께 내달릴 수 있다면
외롭지 않겠다
어차피 한 번은 굴러야 할 생
뒹굴다 몽돌 되어 한 점 빛 되는 일
형체조차 남지 않고 사라지는 윤슬
날개깃에 남은 바람의 흔적
고요하다

뜨거운 열 식혀주는 곳 찾아 발길 내딛던 생
그 열 끄지 못하고 흙에 든다
바람을 무서워하지 않는 단풍처럼
화음에 몸 적신 잎
고요다

봄

진득하게 붙어 있던 겨울의 잔재
벗어나지 않던 그것이
봄 입김에 힘을 잃는다

진을 친 얼음벽 툭툭 부러트리며
한 입씩 베어 무는 강물의 입
곤두박질치는 저것

파고들어 얼려놓았던 대지
도리 없이 무너져 내리고
허물어진 잔해 속에서 눈뜨는

버들가지 줄기에 스미는 연둣빛으로
일어서 걸어 나오는 봄
만난다, 만나고야 만다
저 봄

스르르,
고삐 풀리는 소리

3월

거대한 뱃구레에 갇혔던 봄
서서히 얼굴 내민다
혹독한 추위, 변덕스런 진통
꿈틀대는 생명 소리에 열리는 문
파르라니 솟는 연둣빛 입술

시린 발에 도는 훈기 따스해
새의 날갯짓에 실리는 힘
봄 기지개에 산수유 노란빛 풀고
살가운 햇살에 기어이 눈뜨는 봄

오롯이 솟은 초록의 아우성

4월 1일

사랑으로 목숨 바친 이의 대변처럼
자연은 들고 일어서 생명을 말한다
햇살 뛰어들어 온도 높인 물줄기
새들의 여유로운 발목
때맞춰 새싹과 꽃잎 몸피 불려
물감의 농도 환하다
축제로 들썩이는 훈풍
계절의 질서에 고명처럼 앉는 만우절
속고 속이는 즐거운 날
따뜻한 악수를 건네는 것 같이
향긋한 차 한 잔 나누는 것처럼
벽을 무너뜨리는 삶의 활기
그런 소식 받고 싶다

전화 한 통, 몇 자의 글
웃으면서 속아줄 수 있는데
색깔 없는 거짓말
깊은 잠 속에 빠져 있다

아침

빛살 사이사이 숨어
어둠 몰아내는 여리고 강한 힘
지구 저편에 내려놓고 온 눈물 자락은
막 태어나는 아기 울음에 밀려
생각의 방이 하루로 퍼진다
누구도 주인이라 고개 들지 않는
겸손의 시간
쇠비름 자라는 속도에
매듭 풀 서너 발짝 거침없이 걷고
닭의 덩굴 제 기량껏 감아올리는
아침 일으켜 살게 하는 힘이다
여리고 순수한 눈뜸 어디에
생명의 문을 여는
따스한 사랑 숨어 있을까
부드러운 위로의 손길
풀꽃 키우고 있다

1의 크기

7살짜리가 병문안을 왔다 나를 만나면 공룡 이름을 가르쳐 주는 친구 그의 관심사 99퍼센트는 공룡 나머지 1퍼센트는 나, 공룡 사랑 가득한 친구와 간식을 먹으며 1이 99보다 크다는 착각을 한다

저녁 병원 밥 먹는 내 옆에서 영상 속 공룡과 노는 친구, 날카로운 이빨과 한 번에 쓸어버릴 위력의 긴 꼬리 티라노사우루스 몸보다 몇 배 큰 날개의 프테라노돈 익룡과 나누는 대화 친구의 놀이터는 쥐라기와 백악기에 걸친 중생대 어디쯤, 한참 머물다 집에 가자는 말에 휘리릭 21세기로 돌아와 하는 말 "매일 오고 싶다"

길 건너 정류장에서 버스를 기다리는 친구와 친구 엄마를 향해 열 번도 더 손을 흔들고 양손을 머리에 올린 사랑 표시 친구 집 행선지 버스가 오기 전 10분간 이어진 몸짓

100보다 더 큰 1 구원 받을 수 있는 1의 절대치, 나는 1이다

끈

눈에 넣을 수 없는 샛말간 꿈
사각 창에서 빛으로 일어선다

끈이 운다 끈이 웃는다
나는 웃는다 또 웃는다

매일 톡으로 날아오는 젖빛 태양
내게 뜨는 행복의 해

유치원으로, 걸음마로
하나이면서 하나가 아닌
둘이면서 둘이 아닌 기쁨
가슴에 들어앉는 말간 빛에 묶였다

나는 누군가의 끈이다

섬 1

새벽이면 깊은 섬으로 간다
그곳에 사는 두 마리 일소를 내보내고
섬의 주인이 되어
하인이 되어 하루를 산다
기억에도 없을 태곳적 삶이 기다리는 곳
구강기의 반짝이는 눈은
생후 6개월에 나를 불러들여
노을의 색을 짙게 내려 앉히고
할미의 향기를 익히라 한다
지금이라 말하는 현재는 사라지고
입의 검색만이 현실을 점검하는
본능만 살아 있는 섬
바람조차 단절된 고립에서
깊은 어둠이 내려서야 빠져나오는
한 마리 늙은 사슴의 눈에
겨울 달빛이 흘러든다
꼼짝없이 끌려 들어간 내일
꽃은 하루가 다르게 피고 있다
그 섬에서

섬 2

육지와 연결된 길 장막을 치고
눈물을 갉아먹는 벌레
절여진 눈물이 짜다
뭍으로 난 마른 땅을 밟고 떠난
허물 옆에서
등대의 외눈 같은 신호를 보낸다
불빛이 닿기에 너무나 먼
소리의 파장이 끝나는 지점
바닷물로 덮인 길 다시 열리지 않아
영영 돌아오지 못하는 새 한 마리
사라지지 않을 푸른 멍 새겨놓고
구름처럼 흩어진 은빛 흔적
파도는 바다를 잘게 부수고 있다
섬에 갇혀 추억을 줍는
모래사장 선명한 발자국

바오밥나무

너에게선 밥 냄새가 나
붉은 흙길을 걸어
물 한 동이를 지고 와야 하는 맨발
허기진 배를 채워줄

굵은 기둥으로 우뚝 서서 성근 가지 밥그릇 되어
그 위 차진 밥 얹었으면
밥알과 밥알이 끈끈하게 이어져 가닥가닥 주렁주렁 열려
흙투성이 사람들 오가며 밥알 열매 따먹는

마다가스카르에서 온 팔뚝만 한 바오밥나무
하늘길을 날아 내 손에 쥐여준 사람
내 허기진 가슴에 밥을 먹여주었어
이글거리는 태양열에 지은 밥을
오늘도 한 그릇씩 먹으며 눈을 뜨고 있지

수천 년 살고 나면 속을 비워
사람을 품어 안는 바오밥나무
사람의 일생이 너의 수명과 같다면
지금쯤 나의 속은 훤히 비워졌어야만 하는데

얼마나 더 밥을 지어야 할까

빛의 응원

사각 창문 해 발자국
커튼을 밟고
벽을 본뜨고
환자복에 내려앉아
사분사분 사람 타고 오른다
화안하게 얼굴 달구고
머리칼 속속들이 파고들어
금빛 숲 만들고
와 와 쏟아 놓은 빛의 응원
저 사람 금방 일어서겠다
툭툭 털고 집에 가겠다

그녀는 이틀 후 퇴원했다

옥수수수염

뙤약볕에 반쯤 얼굴 내밀고
푸른 시절 송두리째 바쳐
윤기 없이 푸석하니 말라가면서
벌레 먹지 마라, 병들지 마라
귀한 속 것을 지킨다

젖빛 알갱이 살 오를 적에
사이사이 가슴 풀어 틈을 메워
벌레 길 막는 곧은 실핏줄
탱탱하게 영근 뽀얀 이야기 속에
녹아 있는 바람의 길

햇살의 농도 옅어지고
바람결 온도 서서히 냉정해질 때
올올이 감쌌던 팔을 풀고 떠나보내야 한다
수숫대 부러지고 껍질 벗겨져도
사랑한다 속삭이는 어머니 마음
멀어지는 발자국을 차마 잡지 못하고
버려져 한 줌 흙이 되거나
온몸의 진액 풀어 한 잔의 찻물 되어

묵묵히 눈 감는

붉은 머리카락

인두

묵언 수행하는 수도승이다
쇳물 같은 열기를 품고 굽은 길을 펴
햇살에 내걸던 옷깃들
낡고 해져 흔적 없이 사라진 지금
붉은 녹 몸에 두르고 놓여있다

쉴 틈 없이 화롯불에 얼굴 달궈
자존의 깃대 곧게 세우고
한 점 멍들지 않은 목련의 기품 살려내
바람 비껴가는 소리 즐겨 듣더니
구름 흐른 발자국만큼 흘러와
오래된 것들과 섞여 있다

두 뼘 남짓 무게에 남아있는 뜨거운 기억
녹슨 몸에 담고
잊혀진 이름으로 식어있는 저 꼿꼿함
잊을 수 없는 어머니 손길이다

한가위

둥근 달처럼
넉넉한 마음으로 만나자

털실뭉치 가슴에 들어앉듯 멀어진 사람
오늘은 한 뼘이라도 풀자
보이지 않아도 보이는 실 끄트머리
숨어있는 웃음 찾아내
달빛에 걸어 그림 한 점 완성해보자

세상 떠나 마주할 수 없는 사람
오늘은 마음의 눈으로 만나자
생전의 모습 그리며 그 목소리 듣고
한 가닥 향불 사그라지는 시간만큼
기울어지는 생의 이정표 눈여겨보자

중추절 보름달만큼
우리, 오늘 넉넉하게 만나자

시간을 살리고 나도 살 시간
죽은 시간은 산 시계를 꿈꾼다

–「시계와 나」 중에서

5

똑딱 단추

시계와 나

매일 아침 눈뜨면 보이는 둥근 벽시계
바닥에 떨어졌다
간신히 매달려 있던 못에서
더 이상 견디지 못하고 못 끝을 벗어났다
배터리는 바닥에 뒹굴고 초바늘은 빠졌지만
시침과 분침은 자리를 지키고 있다
유리 속에 갇혀 수십 년을 무탈하게
함께 걸어온 시간
깨지지 않은 유리관에 멈춰있다
코로나19로 집에 갇혀
며칠인지 몇 시인지 감지할 수 없는
유배의 시간
뼛조각을 추리듯 추려
한가한 식탁 위에 올려놓았다
경쾌한 목소리, 다시 듣고 싶다
그 소리에 맞춰 걷고 싶다
시간을 살리고 나도 살 시간
죽은 시간은 산 시계를 꿈꾼다

바깥쪽 VS 안쪽

창밖은 비
사선의 빗살에 서 있는 묵언의 몸체
예고 없는 빗줄기에 흠뻑 젖는다
우산이 꽃으로 피는 날
바삐 횡단보도를 건너는 무리
오고 가는 자동차 행렬
일상이 축제다
그곳에서 튕겨 나와 머무는 세계
세상 살 힘 얻기까지 기다려야 하는
휘청 흔들리고 부서진 마음 추스르는
신음 숨어있는 생의 인큐베이터
양수 속 태아처럼 감싸인 보호막에는
소나기도, 부딪침도 없다
삶이 그리는 화폭의 양면

약 먹는다
약이 되는 시간 먹는다
침묵이 나를 먹는다

길이 지나는 자리

　은빛 티켓 가슴에 달고 너는 서쪽으로 오고 나는 동쪽으로 갔어 막히지 않은 하늘길 아무도 막지 않던 길 역병 공기처럼 지구촌 떠돌고 붉은 비상등 껌뻑일 때 자동으로 부러진 날개 물길 흙길 바람길 거침없던 허공 병아리 채가는 날개에게 내주어야 했어 세상의 만남을 먹어치우는 그것은 목소리도 감추라 하네 길이란 길 모조리 먹어치우고 세상을 겁탈해도 핏줄은 막을 수 없어 갤럭시노트20로 네 얼굴을 꺼내고 목소리를 꺼낸다

　혼란과 두려움 사별이 난무하는 거대한 감옥 굴러 떨어지는 바위를 밀어올리고 밀어 올리는 시지프스처럼 이것만이 살 길이라고 매달릴 답이 없네 뱀 꼬리처럼 스르르 제풀에 빠져나갈 때를 기다려야 할지 끈덕진 보폭의 입을 삼킬 또 다른 입을 기다려야 할지 연극 무대에서 숨이 끊어지는 걸 보며 기다려야 할지 호흡기를 감추고 보이지 않는 길을 찾아 버티는 게 길이 될지, 너와 나를 연결한 길 바투 잡고 코로나19 강을 건너는데

　'세상은 고통으로 가득하지만 그것을 극복하는 사람들로도 가득하다'고 보이지 않고 들리지 않고 말하

지도 못하는 그녀가 이런 말을 했다면 분명 길은 있는 거야 헬렌 켈러가 써 놓지 않았다면 그 의미를 되새길 수 없지 막막한 길에 설 미래의 사람아 방황하지 말고 써봐 절망에서 꽃피운 한 두레박의 물이 훗날 목마른 사람의 간절한 희망이 되는 길

  칠 개월 동안 학교를 여덟 번 밖에 가지 못한 1학년 사람이 두발자전거 동시를 썼어 씽씽 달려 오르막길을 헉헉대고 내리막길은 와아 하고 내려갈 수 있다고 가지 못할 길은 없다는 거야 지금 우린 오르막길일까 내리막길일까 답은 길 위에 있다는데

연자

방마다 가득하다
백날의 기쁨이 키운 열매
말없이 피어 낸 어머니의 향기
한 알 한 알에 박힌
몇 모금의 눈물과 몇 사발의 아픔
몇 말의 허전함에 섞인 몇 수저의 위로
단 한 방울의 이슬에 젖을 수 없는
방울방울 보석으로 엮은 모성
등 밝혔다

푸른 치마폭에 감싸인 씨방 한 채
다소곳하다

파랑새

큰 바위 얼굴을 향해 떠난 여린 날갯짓
모퉁이를 돌 때마다 꽃을 만나
모래 알갱이에게 돌의 집을 묻고
자갈밭 뒹굴며 다다른 곳
연못가 부들이 바람에 흔들리는 이유
만개한 꽃그늘 아래에서 꽃을 보지 못하던 눈
발을 잃어버린 신이 돌아오고
모음과 자음이 지남철처럼 손을 잡아
번개 번쩍이며 내보이는 얼굴
가슴에 새긴 염원과 닮았다
파랑의 금빛 윤슬

사리 하나
내리치는 광선에 닿는다

돌멩이

개천 옆 풀밭에 누워 있다
태풍에 떠밀려 이곳에 온
외로워 밤마다 울던 돌
반짝이는 별, 달의 노래를 들으며
풀들의 속삭임에 눈뜰 무렵
햇살의 부드러운 손길을 감지했다
환하게 미소 짓는 코스모스
토끼풀 꽃 반갑게 손 내미는,
바람은 음악처럼 흐른다
고향 맑은 물소리
그 곁에 피어난 분홍 꽃잎
벤치에 앉아 있는 한 사람 손등 위
노랑나비 한 마리 날아와 앉는다

젖고 있겠다
겨우 자리 잡은 풀밭에서
종일 내린 비에 속 깊이 젖어들 돌
사는 일에 흥건한 눈물 흘릴 일 왜 생기는지
실망 마라 돌멩아
여태 말랐으니 젖을 때도 있어야지

사막처럼 메말랐던 갈증을 생각하면
이 비, 달콤할 수 있으니
행복도 서러움도 빗줄기 같은 눈물 숨어
때없이 솟구칠 수 있는 것은
삶이 비를 감춰둔 때문
가을비 희뿌연 안개 속
흠뻑 젖었겠다

자연에게

오래 참아온 네 비명을 듣는다 우리는 무심했다 신음소리 네 고통을 외면한 채 앞만 향해 달렸다 피를 뚝뚝 흘리며 쓰러져가는 모습 반세기를 앓고 난 후 터져버린 종기 만신창이로 망가진 곪아 터진 내장 녹아버린 차가운 심장 사라지는 네 혈관은 너무 멀어 불균형의 고통을 외면했다. 미안하다.

우리는 만났다 바닷물의 덮침 산불 태풍과 장마의 해찰 균형을 잃어버린 계절의 얼굴 역병의 기습 레일 위를 달리는 화물차 바퀴가 된 지금 앞으로의 1세기를 생각한다.

구멍 난 네 허파가 길 잃은 먹구름을 달래가며 아직은 살아 있어 고맙다 청정한 신소재 그래핀은 너를 살리고 우리도 살리는 물질, 친구야, 아프지 마라, 사랑한다.

- 21세기를 사는 환경보건학도가

가을엽서

먼 길 걸어 내게 온 화분 하나
발코니 따사로운 햇살 받으며
아기 주먹 같은 손 펴고 있다
보랏빛 손가락 하나둘 열어 보이는 꽃망울
빛의 요정 한 발짝씩 걸어 나와
가닥마다 새겨진 주름의 문양으로
전설 같은 이야기 들려준다
사랑하는 이를 떠나보낸 여인이
매일 눈물의 편지를 썼고
부치지 못한 편지가 국화 속으로 들어가
보랏빛 답장이 되었다는 이야기
빗살의 강 건너오며 목을 축이고
햇볕에 향기 뿌리며 약속처럼
곧고 튼튼한 줄기를 타고 온 소식
그리움이 화롯불처럼 핀다
물기를 말린 나뭇잎은 제 몸의 색을 바꾸어
조락과 퇴색을 노래하며 겸손에 가닿는 시간
벌레 먹은 계절 빛바랜 손 흔들며 멀어져도
가슴에 피는 그대 사랑 있어
슬프지 않겠다
이 가을 외롭지 않겠다

우체국로

창문으로 보이는 노란 등을 단 뱀
어디론가 달아나려고 꿈틀, 한 번 휘었다
풀밭에 엎드려 밤이면 또렷한 등

어망에 걸려든 물뱀처럼 날렵한
존재와 부재를 가르는 열린 공간
시간의 나이테가 눈을 뜨면
차가운 표피를 달려 목소리 흔적을 전하고
내장 속에 슬었던 알을 온 동네에 낳으며
미끄러지듯 빠져나가는 발자국을 새긴다
잘 있나요, 저도 잘 있어요
가로수 호위병 양옆에 세우고
매일 소식 물어 나르며
호시탐탐 먹잇감을 노리는 허기진 껍데기

밤이면 또다시 화려하게 꽃등을 달고
검은 풀밭에 엎드릴
위험한 길 한 마리

대장간

불속 달궈진 쇳덩이
대장장이 손을 거쳐 형체를 갖춘다
달구고 두들긴 사랑 고스란히 간직해
제각기 다른 이름으로 태어나는
낫
호미
망치
쇠스랑

화덕에 달궈지고 벼려지길 수백 번
쇳덩이 하나 모루 위에 있다
망치 내리쳐 조금씩 틀을 잡는 형상
벼려지고 벼려지는
시詩
시詩
시詩의 집
흔들림 없이 굳건하다

달

진흙에 발 담근 연꽃처럼
칠흑에 쌓인 빛
그대 걷는 길 들여다보면
수십 년 지나온 바람 보인다
걷다 쓰러지면 길 옆 흙에 묻혀
무명의 작은 무덤 봉긋한 길
가슴속 응어리 발가락 고름으로 터져 나오고
시곗바늘 송곳들 피딱지 만들다 지쳐
무뎌질 때까지, 걷고 또 걸을 여인
이봐요 평생을 정해놓고 걷는 것도
마음대로 못할 복
별 쏟아져 내리는 밤이면
잠시 이곳을 생각해 주시겠소
줄기차게 걷지 못한 발
빌려드리리다
산티아고 순례자 되고 싶은 가슴
조개껍데기 같은 손 모은다

거리

아무것도 없었다
지나는 바람조차 막이 될까 거둬내던 사이
말없이 바라보면 하나로 통하고
생각만 해도 내 편이려니 느껴지던
세상 둘도 없을 또 다른 나

하루살이 발톱에 긁혀
더운 마음 손톱만큼 새 나가더니
어느새 싸늘한 벽이다
마음의 창 열지 못해 어둔 막 덮인 눈망울
땅거미 내려앉는 산그늘의 숨은 소용돌이
한 뼘 거리에는 히말라야산맥 앉아 있다

투명하고 두툼한 벽 이쪽에서
네가 되고 있는 나

구름 한 점

게걸음 걸을 때 있지
앞으로 가지 못하고 자꾸만 제자리걸음 걷는
병원 침대 한 칸 빌려 머물다
다시 흙 밟지 못하는

살다가
절벽 위에 혼자 서서
아득한 바닥 내려다 보며
현기증 일으킬 때 있지

살다가 살다가
한 마리 새 되어
세상 떠난 사람들 만날 날 있지

석양에 물든 그대 페이지에서
흩어져 바람이 된 조각구름

그림자

꽃처럼 웃고 싶은 날
스멀거리며 얼굴 내밀어
바다 물밑 온도처럼 가슴 식히고
햇볕 앞에 서면 더욱 선명하게
당당한 톤
이리저리 굽어 꺾이는 삶에도
늪처럼 어두운 빛깔
떠난 그대처럼 벗어 버릴 수 없다
흔들림 없는 그대가 나인가
여일한 무채색 이야기가 나인가
나의 것 아닌 나의 것이 되어
호흡하는 또 하나의 삶

섬 속의 섬

한 칸 침대에 버려져
단단한 밤을 견디고 있다
날 저물고 새기를 반복하는 섬
소독 냄새 쏟아내며 붉은 새살 불러내
꽃은 꽃이게 잎은 잎이게
낙인처럼 찍힌 흔적 쓰다듬는데
지금은 휴가철
산으로 바다로 떠나는 사람을 떠나
섬으로 왔다
화장기 없는 얼굴 똑같은 무늬의 옷
섬에 갇힌 사람들의 삶은
너와 내가 다르지 않다
바다 속 물풀 흔들리듯
본성 가림 없이 보여주는 곳
삶에 퍼지는 진통제
요동치는 감정 달래며
밤새 숨죽인 울음
노련하게 흙탕물 건너는 웃음
한 병실에 머무는 오천 겁의 인연들
저릿저릿한 밤을 건너고 있는

별이 될 별들

나는 여기, 너는 거기
서로의 섬에서 수평선을 본다

꽃샘

그냥 내 할 일을 할 뿐이지요
긴 꼬리 거둬들이는 손에서 잠시 빠져나와
운동장처럼 놀던 동네
한 바퀴 돌고 있을 뿐이에요
알싸함을 가진 내가 돌풍을 일으켰나요
나무에서 떨어진 겨울 가로수 열매가
도로에 몰려다니고
사람들은 두꺼운 옷을 다시 입었네요
꽃망울 터뜨리는 생명들은
나를 겁내지 않아요
벚꽃 터트려 놓고 ·
생글 웃는 것 좀 보세요
멈칫거리지만 가야 해요

그대의 생에 한기 찾아와도
놀라지 마세요
떠날 채비를 하고 한 바퀴 도는 것뿐
가지 않고는 못 배기거든요
보세요, 훈풍에 밀려가는
때론 그립기도 할
저 슬픔을

똑딱 단추

바람은 가슴으로 들어와 켜켜이 탑을 쌓고
햇빛은 사이사이 진득하게 내리는데
성큼 건너뛰는 시간의 걸음

우주 속으로 들어가는
세월의 가벼운 발걸음
하나 둘 꽃잎 흩날리고
마른 풀은 저만치서 손짓하는데
같은 말만 하는 단추

열 때나 닫을 때
아침이나 밤이나
다른 말은 할 수 없어
똑딱, 똑딱

생의 문 출발해 같은 곳을 향하는 무리
벗으려 해도 벗을 수 없는 옷이다
가을이 가는 길목에 똑딱
삶의 노래만 발짝을 뗀다

식탁

돌아오던 온기들
뿔뿔이 흩어져 흔적 없다
은빛 바람을 타야 갈 수 있는 태평양 건너 하나
비교적 가까운 거리 둘
전혀 가닿을 수 없는 추모의 나라 셋
다 떠나고 남은 자리 넷
식탁은 그들을 기억한다

계절 하나 지날 때마다 냉정한 바람의 눈,
일없이 흔들리는 긴 그림자처럼
종일 한적한 의자 위를 맴도는데
발소리 기다리는 마음 귀는
허공에 떠도는 말
담고 있다

맷집

자전거를 타며
넘어졌다 일어서기를 반복하는 일
능숙하게 잘 타기 위한 몸짓

비바람에 휘청대던 해바라기
날 맑으면 꼿꼿이 설 수 있는 것은
흔들며 흔들리며 버텨온 얼굴

살면서 오래 쏟아부은 정
송곳으로 찌르는 아픔이 되어 올 때
깊은 나락에서 스스로 토닥이며
오르고 올라 회복하는 일

장미꽃 하나를 위해
수백 번, 수천 번 넘어지고 흔들리며
소망에 가닿는 일
삶이 주는 선물이지

조금씩 낡아가는 휑뎅그렁한 속
핏빛 노을 향해
나지막이 부르는 이름 하나

-「바람의 집」중에서

6

바람의 집

종기

생애 한 번 있는 상처를
핥고 쓰다듬으며 모양을 갖췄다
조개 속 진주처럼 크기를 키운 옹달샘
등줄기 따라 모인 설움의 흔적
모서리 등에서 곪으며 욱신거렸다
단단히 영글기까지 함께 했다
이제 떠나보내야 한다
굳게 내린 뿌리를 걷어 내야 한다
날카로운 칼끝에 뭉친 실타래 파낼 때
살을 찢는 깊숙한 아픔이 발버둥 쳐도
거푸집 된 휑한 그 속을
빈 가슴으로 들여다보게 된다 해도
우리의 약속을 걷어 내야 한다
하늘을 떠나지 못하는 구름처럼
사랑이라는 이름을 맴돌지라도
한 꺼풀 바닥에 남은 그리움이
그대를 부르고 싶어 욱신거려도
깃발처럼 자유를 흔들며 멀어진
저 그리움을

풍선 날리듯 떠나보내야 한다

멀어진 삶 한 덩이
핏빛 울음소리

바람의 집

틀 없는 창 넘어 비인 가슴에
푸석한 발자국을 일으켜 세우며
집 한 채 허물고 있는 바람

뼈대와 뼈대 사이 툭툭 건드려
부슬부슬 서로 손 놓게 하고
지나가는 시간 위에
양념처럼 얹어주면서
쌓인 먼지 휘젓고 있다

어둠 오면 어둠에
밝으면 밝는 대로 정물처럼 서서
조금씩 낡아가는 휑뎅그렁한 속
핏빛 노을 향해
나지막이 부르는 이름 하나

짓다만 건물
바람 가득하다

어떤 만남

수원역 앞 광장
우리는 만나지 말았어야 했다
달려오는 네게서
재빨리 달아나야 했다
도망치는 나보다 흡입하듯 빨아들이는
네 뜨거운 키스
빨판의 충격을 받고야 만 나는
잠시 정신을 잃었다
하늘은 음울한 눈물 빛
뉴스는 다른 게 아니다
만나지 말아야 할 사이가 만나
입술 터지고 가슴 부서져
화면 없는 화면이 된 사실
광장 한복판에 쏟아지는 시선
소나기보다 세게 가슴을 친다
이제 헤어지자
처음 본 너와 찰나의 스침
천겹의 연이 숨어 있었나 보다
이별이라는 이름으로 스친
낯선 얼굴

휴일의 정형외과

아침 7시, 내 이름으로 나온 밥을 먹는다 엉덩이에 진통제 주사 맞고 잠시 눈 감는다 무인도에 남겨진 작은 생명 바깥 세상은 멀고 먼 별나라 유튜브를 열어 사람 목소리를 듣는다

낮 12시 점심 식판을 비운다 섬처럼 적막한 한낮의 병실 텔레비전 혼자 말하고 있다 슬그머니 병실을 나와 엘리베이터를 타고 1층 접수창구에 간다 문 닫은 창구 앞 텅 빈 의자에 앉아 생각한다 빙글 도는 놀이기구처럼 스케이트 미끄러지듯 방향을 바꾼 자동차 안에서 온몸을 떨던 긴박함

오후 5시 저녁을 해결한다 고정된 주말 드라마 환자와 보호자가 한목소리로 혀를 차고 흥분하고 칭찬하고 웃는다 막장의 긴박함과 덜컹이는 세상사로 가득하다 남의 삶을 대신 살던 이들이 끝나고 각자 커튼을 친다 자신만의 독립된 침대 나는 누구인가를 생각할 때쯤

까무룩, 잠든다 미끄러지듯 서쪽 갈피 한 장 넘는 구름 뭉치 장마는 아직 끝나지 않았다

쥐

네 끝은 어딘가에 닿아있다

비를 몰고 오는 구름, 혹은

번개 끄트머리와 손잡고

불꽃이 튀김과 동시에 철사 줄로 꽁꽁 묶는다

감출 수 없는 외마디는

형체 없는 힘을 떠올리고

나는 곧바로 네 심장을 향해 화살을 겨눈다

단단한 살점 한 입 크게 물고 늘어지다가

이내 뭉쳤던 실타래 도르르 풀리듯

가볍게 손들고 마는 너

심심할 적마다 출몰하는 너를 내쫓기 위해

몸에 고양이 한 마리 키워야 할까 보다

합선을 일으키는 전선처럼

불꽃이 튈 적이면 순식간에 낚아채

다리 근육에 평화를 줘야 할까 보다

쫓겨나간 몇 마리는 흔적도 없이 사라졌는데

작고 보잘것없는 한 마리

종아리에 세 들어 살며

가끔, 아주 가끔

타조알만 한 딱딱한

알을 낳곤 한다

쇠똥구리 아빠

돈 벌러 고향을 떠나와
다시 고향 가기 위해 돈을 버는
기니에서 온 세네갈 이주노동자 쌈바
가난의 굴레를 어깨에 메고
평생 벗을 수 없는 생의 길을 간다
붉은 강에서 소금을 건지며
열여섯 식구를 거느리는 아버지
빗물에 녹아내리는 소금
노동의 품삯이 사라져도
태어나는 새 생명 울음에 웃는다
핏빛 소금물에 몸이 절여져
시력 잃고, 고향 가는 꿈 깨져도
물고기 몇 마리로 잔치 벌이며
이게 천국이려니 사는 착한 아버지

쇠똥구리가 굴리는 경단
움푹 파인 구덩이에 굴러떨어지기를 반복해도
지치지 않고 밀어 올리는 힘
오늘도 소금물에 뛰어들어 하루를 사는
아버지의 어깨

실향민

한 마리 새 날갯죽지 부러졌다
갈대꽃 길을 지나
물든 단풍 길 끝
훨훨 날아가고 싶은 철책선 너머
죽어서라도 고향 가기 좋은
파주 실향민 묘역에 몸 부렸다
빛바랜 잔디 위 함초롬 내린 아침이슬
그 위에 뿌려진 꽃처럼 붉은 단풍
마지막 인사를 한다
안녕히 가세요
당신의 사랑 잊지 않을 거예요
둘러선 씨 열매 성벽처럼 든든한데
할 일 마친 생명
북녘 하늘 바라보며 포근히 웃는다
풀잎마다 매달린 이슬
흰 햇살 날개 편다

나팔꽃 심장

가끔 가슴을 열고
바닥난 생명을 갈아주지요
가는 솜털도 훤히 보일 불빛을 이고
당신이 내게 다가오면 숨만 쉬어야 해요

개구리 한 마리 일주문처럼 귀 열려
당신의 말 다 들려요
가슴에 쑤셔 넣는 알약
10년 동안 삶을 책임질 약
호치키스로 봉하고 아물 때까지
당신이 한 말을 못 들은 척 살아야 해요
흉터 남은 가슴 볼 때마다
생명의 배터리 생각하면서

오늘을 내일처럼 살아요
그 힘으로 지금 서 있거든요

100명의 여인들 1

잠들었던 영혼 깨어났다
햇살에 반짝이는 나뭇잎처럼
푸른 하늘 나는 새의 날갯짓
100명의 여인들 일제히 비상한다

삶이 부려놓은 부푼 가슴 불꽃으로 태워
국제 연극제로 피어나는 여인의 길
알에서 깨어난 새들의 군무
비상하는 도전의 눈 푸르다

200년 전 정조 임금 수원성 축성이
수원 화성 행궁에 꽃으로 피듯
은빛 날개 타고 온 꼴렉티프 리옹. 05
여인들 마음 마음에
희망의 열매 매달았다
100개의 빛 반짝인다

---

* Collectif Lyon, 05 : 꼴렉티프 리옹. 05는 프랑스, 스페인 연출가와 감독으로
7명으로 구성된 팀 이름이다. 2014년 제18회 수원화성국제연극제 개막작
〈해외초청작〉 〈100명의 여인들〉을 연출 감독했다.

100명의 여인들 2

아침 햇살 창문을 비추면 시작되는 하루
어머니 품처럼 넉넉한 광교산에 오른다
반짝이는 이슬과 푸르고 향긋한 숲
자유로운 새들의 노래 소리 가득하다

한 마리 새가 되어 팔달문에 가면
지동 시장의 구수한 순댓국이 발목을 잡고
장안공원 벤치에 앉아 성곽을 바라보는 즐거움
하늘은 푸르고 마음은 젊다

우리가 함께 걸었던 로데오거리
젊음과 희망이 넘실대는 곳
열정이 숨 쉬는 그곳에서
우리는 단단해졌다

만석공원에서 들려오는
효의 선구자 정조 임금의 다정한 목소리
세계문화유산 화성에서 행복하라고
자자손손 가족 사랑 영원하라고

수원의 꽃 화성이 오늘 세상에 손을 내민다

손과 손 맞잡고 펼쳐내는 우정의 국제 연극제
세계는 하나고 우리도 하나
우주 속의 여인들 끊임없이
새 날의 푸른 깃발을 휘날린다

100명의 여인들 3

오래전 이곳을 거닐던 발자국을 그린다
알에서 깨어난 새처럼 세상으로 들어와
삶을 엮어내며 역사를 쌓아온 사람들
수원 화성에는 어버이를 기리는
핏빛 그리움 아들의 향기가 살아있다

그러나
한 방울의 물이 모이고 모여 강줄기를 만들 듯
우주 속의 한국, 한국 속의 수원, 수원 속의 여인들
손에 손을 모아 불멸의 탑을 쌓는다
이루지 못한 소망을 이루게 하고
만나지 못한 이들을 만나게 하는
창작의 자유가 이뤄지는 행궁 광장에
꺼지지 않는 불씨로 꿈을 펼친다

수원 화성에 응집한 웅대한 발걸음, 발걸음들
2014년 여름 수원시 새 역사의 찬란한 획을 긋고 있다

사순

동전이 뱅글뱅글 돌다 탁 넘어졌다
숫자 10이 우뚝 섰다
땅에 바짝 엎드린 다보탑
바닥에 탑을 새긴다

서로 얼굴 볼 수 없는 양면
이쪽 아니면 저쪽

이천 년 전 예수의 죽음
저 바람 속에 뱅뱅 돌다
한낮에 높이 들린 십자가
살기 위해 죽었다

사순은 새순이다
죽어야만 사는 한 여자
그림자 본을 뜨며 바닥 들여다본다
사순절 복판에서 되돌아보는 시간
못 박힌 이천 년이 가고 또 온다

다보탑은 동쪽에 석가탑은 서쪽에
선동도 없는데 마주 보고 있다

하얀 새 깃털이 만든 바다

일제히 날아올랐다

단단한 철갑에 오글오글 모인 생명
해처럼 둥실 떠올라 건져진 새들
물기 털고 흙길 걸어 제집 찾아가고
미처 떠오르지 못해 웅크린 새
하나, 둘 하늘로 날아올랐다
열, 백 무더기로 날아올랐다
이백, 삼백

햇살 먹어 눈부신 꿈나무
제주 흰 구름 가슴에 품고 지저귀던 파랑새들
한순간 떨어졌다
흰 깃털 하나씩 뽑아
굵은 빗방울로 흩뿌려 놓고
가창오리 군무 떼처럼 날아오른
하얀 영혼

퉁퉁 젖이 분 어미 새 가슴 무거워
차마 따라 날지 못하고

사라진 흰 날갯짓 소리에

"미안하다" "사랑한다" 울부짖는다

팽목항에 고인 슬픔의 물결

4월, 진도 눈물의 바다

---

* 2014년 4월 16일 인천에서 제주로 가던 6천 톤급 여객선 '세월호' 침몰로
302명이 사망했다. 제주도로 수학여행 가던 안산 단원 고등학교 2학년 학생
들의 희생이 큰 사건이다.

향기

수원은 알맞게 익은 과일향의 도시
향긋한 냄새 퍼져 공기도 맛있다
그 공기 마시고 사는 사람들
마음에 과일 바구니 담겨있어
사랑과 봉사 넉넉하다

수원은 잘 익은 인문학의 도시
정조 임금의 효
나혜석 화가의 예술
채제공 문신의 올곧은 정사
버무려 세운 밑동 굵은 나무
그 나무에 맺힌 실한 열매 바라보며
효와 예술을 익히는 사람들
따뜻한 정 흐르는 수원
평안의 꽃 향기롭다

화장火葬

평생 양말 신은 기억 없는 저 발

굽이굽이 흙먼지에 절여진 뿌연 잿빛

죄 없는 조리만 몇 켤레 닳게 한 생

바그마티* 강둑 장작더미 위에 누워

마른 볏짚 이불처럼 덮고

처음 어미젖을 빤 입에

불씨 받는다

평생 감춰본 적 없는 발 불꽃 속에 감추고

출렁이는 금잔화 목걸이

옷자락 스친 인연 함께 태우며

위로, 위로만 오르는 껍데기

별이 되기 위해 흔적 지우는 검은 발

물끄러미 바라보는 가슴에

인장처럼 새기는 말씀 한 모금

---

* 네팔의 장례 문화를 모티브로 함.
* 바그마티 : 화장터

문 닫은 성당

비 오는 바티칸 광장을 혼자 걷는
교황 프란치스코
십자가 주님 앞에 눈물 흘린다
백 나노미터의 작고 작은 미생물
감염 막으려 세상이 멈춘 시기
가톨릭 역사상 처음, 성당도 문 닫았다

텔레비전 방송을 보며 미사 참례를 한다
연중 가장 의미 있는 사순절과 부활절이
신자 없이 신부님 몇이 지낸다
세족례 없는 주님만찬 성목요일 미사
성금요일 오후 3시 십자가의 길
성토요일 파스카 부활 성야 미사
부활대축일 미사
예수님의 삶을 묵상하며
믿음을 확인하는 때
평화방송은 집을 성전으로 만들었다
신종 코로나 바이러스는, 2020년 봄
역사에 없는 일을 체험하게 한다

흙에서 왔으니 흙으로 돌아갈 것을 명심하십시오

고막을 울리는 재의 예식 한마디가
가슴에 내려와 앉는다

12월

유난히 멀었다
자유를 속박하는 그물에 걸려
총총걸음으로 도착한 곳
오늘이 있기까지 걷기를 멈춘 무수한 발걸음들
다시 만날 수 없는 곳으로 떠난 여행자들
끝날 때까지 끝난 게 아니다 라는 말을
살아 있을 때까지 살아 있는 것이다 라고 바꿔 쓴다
어제와 내일의 경계에서 새롭게 날개를 펴는 나비
젖은 물기를 말리며 희망의 꽃무늬를 그린다
쓰러져 꺾인 무릎에 힘을 싣고
조금 더 넉넉한 마음으로 일어선다
희고 깨끗한 기도를 올린다
터닝 포인트
어떤 길이든 향할 수 있지
무엇이든 해 볼 수 있지
자유가 기다리고 있는 앞을 향해
힘을 실은 날개 퍼덕인다

십자가

붉은 인화 새겨진 생각의 틀
주인님의 죽음을 맞이한다
해마다 정거장처럼 지나는 성주간
죽지 않고는 배길 수 없는 우리 주인님

백성은 연연히 그의 뒤를 따른다
욕심을 버리고 미움을 떠나고
죽음을 묻는다
온전히 죽어야만 새롭게 살 수 있다며
몸 바쳐 주인님 따라간 생명 하나
그는 또 다른 예수가 되어 십자가에 있다

사순절
멀쩡하게 뜬눈으로 죽으려 애쓴다
작은 강 하나 건넜을 뿐인데
비릿한 눈물을 초개처럼 맛보고
주인님 닮기엔 아직 먼 눈 들어
끈끈한 십자가 눈물 한 방울
가슴에 조각처럼 붙이고 있다

주님 사랑 영원하리
- 수원교구 평신도사도직협의회 창립 50주년 祝 詩

그분의 자손들이 어울려 사는

삶의 터전에

어린 묘목 한 그루 심겨졌다

성직자와 수도자의 손발로

평신도의 꽃을 활짝 피운 50년

대지에 발붙여 뿌리내리며 진땀 흘리고

비바람에 깃발처럼 흔들리기도 했다

선조들 목숨 값으로 닦은 터 위에

그분의 말씀 하나로 모인 사람들

아름다운 공동체 세우기 위해

쏟아지는 눈보라

서툴고 위태롭던 시절도 있었다

반세기 세월 속에

우람하게 자리 잡은 거목 한 그루

펼친 가지마다 반짝이는 잎 무성하다

손잡고 하나 되어 나아온 평신도사도직협의회

각자의 자리에서 힘을 합해 일으켜 세운 사랑의 단체

서로 마음 모아 다독이는 행군이었다

어둡고 소외된 곳에 빛으로

주저앉은 절망을 희망으로

눈물 흘리는 이웃의 친구로
사람이 살고 세상이 살았다
목마른 대지에 단비로 살았다

오늘 이 축복의 날을 시작으로
다시 힘찬 발자국을 내딛는다
우리 걸음에 새겨질 그리스도의 사랑
새로운 반세기에 굳건히 서서
잎 무성히 세상을 덮으리라
아름다운 공동체 그림 그리고
평화 넘치는 세상 만들 것이다
주님의 사랑이여 영원하라

김태실 시인의 두 번째 시집 『시간의 얼굴』은
음으로 양으로 직조한 언술들이 예사롭지 않아
깊은 감동으로 감상했다.

– 「작품해설」 중에서

작품해설

광대들의 무대,
신명나게 춤추는 몸짓 뒤에

지연희 시인

광대들의 무대,
신명나게 춤추는 몸짓 뒤에

지연희 시인

●

'시는 인간의 정서를 다룬다. 어떤 장면이나 어떤 경험이나 어떤 애착에 의해 생긴 시인 자신의 정서와 감정을 제시한다.'고 했다. 까닭에 시인은 어떤 논리의 그물에도 걸리지 않는 자유를 통하여 과학적 언어로 말하거나 진술하지 않으며 시인의 상상력이나 말로 표현하기 어려운 미묘한 정서의 세계를 표현하려고 노력한다. 심도 깊은 사유로 제2시집의 의미를 절실한 언어로 표현해 준 김태실 시인의 총 76편의 시는 총체적 삶의 비평으로 독자의 질문에 답하는 진정성 있는 이야기를 들려주고 있다. 영국의 시인이며 평론가인 매슈 아널드Matthew Arnold는 '시란 시적 진리와 시적 미의 법칙에 의한 비평에 알맞은 상태에 있는 인생의 비평이다'라고 했다. 이제 수필가의 이름에서 시인의 이름으로 확고한 자리매김을 보여주는 오늘의 시인에게 큰 박수를 보내며 독자와 함께 시인의 무궁한 시 세계를 탐색하기로 한다.

이곳에 오면 누구를 불러야 할 것 같아

가만히 입을 달싹인다

내게 살았던 사랑스런 짐승

집채만 한 산, 버들 같은 마음으로

쉼 없이 나를 부르던

이제 내가 그를 부른다

당신, 한 마디 했을 뿐인데

호수 하나 통째로 들어와 앉는 가슴

잘 있나요, 바람 이리 살가운데

호수 끝으로 새 한 마리 빠르게 날아간다

어디 숨었는지 다시 오지 않는 사람

나는 진종일

그를 부르며 서 있다

－ 시 「호명호수」 전문

지상의 생애 종지부 찍고

희로애락의 몫을 떠나는 날은

받은 선물 포장을 푸는 날,

햇살과 놀던 시간 침묵에 들고

고요히 허물을 벗는 소리

영원의 꽃집에 안착하면

그곳엔 또 다른 빛으로 가득하다, 새 삶

잠들지 못한 잠을 찾아 헤매지도 않고

고난의 허공을 걷는 발길도 없는, 불멸

흐르는 시간 속에

축복의 선물 어깨에 메고 오늘을 사는

나비들

　　　　　　　　　　　　　　　－ 시 「천년의 의미 1」 전문

　'내게 살았던 사랑스런 짐승'이라 지칭하며 시 「호명호수」는 가
시적이지 않는 누군가를 향해 손짓하는 한 사람의 곡진한 사랑을
만나게 된다. 호숫가를 나는 새 한 마리를 바라보며 간곡한 몸짓
으로 그리움의 노래를 부르는 사람이다. '이곳에 오면 누구를 불
러야 할 것 같다'는 가만히 입을 달싹이며 당신을 부르는 애틋한
이별이 남기고 간 슬픔의 노래이다. 집채만 한 산 같기도 하였던
사람, 혹은 버들 같은 마음으로 쉼 없이 나를 부르던 사람이 지금
은 '어디 숨어서 다시 오지 않는 사람'으로 나의 가슴을 흥건히 적
시고 있다. 수십 년을 남편과 아내라는 이름으로 함께하던 사람들
이 어느 날 갑자기 삶과 죽음으로 이별의 아픔을 맞이하게 될 때
의 감당하기 어려운 극명한 그리움을 시 「호명호수」는 들려주고
있다. 마음 기대고 의지하던 당신의 부재를 확인하는 돌이킬 수

없는 슬픔이다. 호숫가 한 마리 새로 현신하여 나를 부르고 있는 환청을 극명하게 소환한다. 지워지지 않는 사부곡思夫曲의 애달픔이 가슴을 훑는다. 시 「천년의 의미 1」 또한 화자는 '당신'이라는 존재에서 무관하지 않다. 거룩한 죽음으로 이룩한 당신이 머물고 있는 천상의 평화를 아름답게 그려내고 있는 것이다. 비록 뿌리칠 수 없는 이별이라는 운명의 사슬로 하늘과 땅으로 헤어졌으나 불멸의 생을 밝히는 기도를 놓지 못하고 있다. 지상을 떠나 천상으로 진입한 한 사람의 존재에 붙이는 천연한 자유와 평안을 축복의 메시지로 긍정하고 있다. 이 생에서 받은 온갖 희로애락의 굴레를 푸는 천상의 선물이다. '지상의 생애 종지부 찍고/ 희로애락의 뭍을 떠나는 날은/ 받은 선물 포장을 푸는 날/ 햇살과 놀던 시간 침묵에 들고/ 고요히 허물을 벗는 소리/ 영원의 꽃집에 안착하면/ 그곳엔 또 다른 빛으로 가득하다, 새 삶/ 잠들지 못한 잠을 찾아 헤매지도 않고/ 고난의 허공을 걷는 발길도 없는, 불멸'의 나비로 천상을 날고 있는 것이다.

달콤하거나 매운 내 진동하는 바다
바람의 채찍질에 달리기를 멈추지 않는 말처럼
철석이며 꿈틀대는 파도 그린다
우뚝 서있는 등대
나선형 계단 밟고 오르며 삐걱대는 소리 줍고

물새 발톱에 할퀸 바람의 핏방울 두둑 떨어지는데
지켜보는 햇살에 거듭 마르는 파피루스
언뜻언뜻 비치는 작은 불빛의 하루
깊은 이름 부르며 어설프게 수놓는
깨알같이 이어지는 숨소리
노을 진 오늘 받아 안는다
건들바람에 움츠린 서툰 그림으로 앉을 때에도
비바람 겁내지 않는 나무 밑동 되어
지그시 가슴 여는 종이 한 장

- 시 「A4-1 삶」 전문

포물선으로 이어진 먼 나라 사람의 소식
믿기지 않는 혼돈처럼 눈물 항아리 기울였다
혈관마다 뜨겁게 지피는 슬픔
기울어진 만큼의 울음을 쏟아 놓는다
세상은 축제로 들썩이는데
혼자 지상의 마침표를 찍어야 했던
느린 걸음의 일생

먼 듯 가깝게 나누던 눈빛
생의 길에서 맞잡은 손, 온기 여전한데
흰 종이 한 장 그녀 앞에 내어 놓는다
그려내던 삶의 순수, 마음껏 그리라고

사람들에게 답장이라도 쓰라고

갑자기 떠난 변명이라도 하라고

어느 별엔가 숨어

그 웃음 웃고 있을 사람

보고 싶다

　　　– 시「A4 -2 어느 시인의 죽음」전문

　　김태실 시인의 제2시집 『시간의 얼굴』에서 주목하게 되는 부분은 시「A4」연작시가 아닌가 싶다. A4 크기의 종이 한 장 속에 숨 쉬는 한 사람의 삶의 크기와 죽음에 이르고 만 생명의 가치 등에 대하여 섬세하게 조명하고 있다. '달콤하거나 매운 내 진동하는 바다/ 바람의 채찍질에 달리기를 멈추지 않는 말처럼/ 철석이며 꿈틀대는 파도를 그린다'는 한 장의 파피루스 종이가 세상을 그려내고 있다. 달콤하거나 매운 내 진동하는 바다는 인간 세상의 삶의 편린들이며, 바람의 채찍질에 달리기를 멈추지 않는 말처럼 철석이며 꿈틀대는 파도 또한 생존 경쟁에 휩쓸려 살아내기에 급급한 사람들임에 다르지 않다. 이 또한 한 장의「A4」종이 폭에 그려내고 있는 군상이다. '언뜻언뜻 비치는 작은 불빛의 하루/깊은 이름 부르며 어설프게 수놓는/ 깨알같이 이어지는 숨소리/ 노을진 오늘 받아 안는다/ 건들바람에 움츠린 서툰 그림으로 앉을 때에도/ 비바람 겁내지 않는 나무 밑동 되어/ 지그시 가슴 여는 종이 한 장'으로 존재한다. 저물녘 언뜻언뜻 비치는 작은 불빛의 하루는 피할 수 없는 너와 나의 '삶'으로 대칭되고 있다. 나아가 시 「A4 –2 어느 시인의 죽음」을 들여다보면 한 사람의 목숨이 저 혼자 지상에 마침표를 찍고 있다. 마치 먼 나라 사람의 소식처럼 믿기지 않아 눈물 항아리를 기울였다고 한다. 슬픔의 '량'을 극한으로 제시하는 크기이다. '혈관마다 뜨겁게 지피는 슬픔/ 기울어진 만큼의 울음을 쏟아 놓는다'는 것이다. 섬세한 감성으로 쏟아내는 창의적이며 명료한 구체적 이미지 나열의 힘이 돋보이는 시인의 시선에 마음껏 머무르지 않을 수 없었다. 시의 매력은 적절한 언어 구사로 짚어내는 시인의 독창성에 있다. '먼 듯 가깝게 나누던 눈빛/ 생의 길에서 맞잡은 손, 온기 여전한데/ 흰 종이 한 장 그녀 앞에 내어 놓는다/ 그려내던 삶의 순수, 마음껏 그리라고/ 사람들에게 답장이라도 쓰라고/ 갑자기 떠난 변명이라도 하라고' 시인은 주문한다. 그렇다. 한 장의 종이 위에 한 사람이 살았던 생의 의미가 스며들 수 있다. 진부한 변명과도 같은, 웃음과도 같은 삶이었으므로 그렇다.

> 달팽이 한 마리 풀잎에 있다
> 날카로운 그림자의 경계에서
> 풀숲의 노랑을 퍼마시는 허기

저 빛깔 양껏 배불려 원추리 한 송이 잉태하면

내뱉는 날숨마다 등황색 종소리 울려

풀숲 일렁일 금빛 군무

사정없이 내리꽂히던 소나기

몰아치던 비바람 소리 껍질에 싣고

천형의 길 걸어온 서툰 걸음

깨어지지도 부서지지도 않는 빛 속에서

가릉빈가의 날개를 꿈꾸며

날마다 길어 올리는 달빛의 노래

                    – 시 「달팽이의 꿈」 전문

옹알이를 퍼내는 모습이

꼭 도토리를 갉아먹는 다람쥐다

날아가는 새의 자세로 잠을 자거나

토끼의 날랜 허리로 뒤집기를 하고

잠시의 고정도 허락지 않는

흔들리는 시계추처럼 건들거리는

큰 숲에 든 지 얼마 안 된 새끼 다람쥐

보송한 솜털이 삐죽 솟은 나뭇가지에 쓸리기도 하고

작년에 누운 나뭇잎의 버석거림 두려울 수 있지만

숲속에 마련된 놀이터에서

오물오물 도토리 먹으며 크고 있다

가지 사이로 빛을 뿌리는 하늘

청량한 지저귐 가득한 산

매끈한 터럭 날리며

나무 기어오를 날 멀지 않다

– 시 「아기 다람쥐」 전문

　시 「달팽이의 꿈」과 시 「아기 다람쥐」는 영한 번역으로 특별히
미국 샌디에이고에 살고 있는 시인의 가족들을 위하여 시집 3부
에 수록된 작품 중 2편이다. 샌디에이고의 병원 간호사로 근무하
며 국제결혼을 한 사위와 손녀와 사돈댁에 대한 배려이다. 시인의
딸 김미연은 남다른 의지와 집념으로 대학에서 학생들에게 간호
학 강의를 하며 최선의 삶을 살고 있어 자랑스럽게 생각하고 있
다. 한국인의 성실한 삶의 정신을 증거하고 있는 실례가 아닌가
싶다. 시 「달팽이의 꿈」은 동시의 때 묻지 않은 순수의 언술이 상
상의 깃을 펼치며 시선을 이끌고 있다. 풀잎에 앉은 달팽이 한 마
리가 풀숲의 '노랑'을 마시는 동심이 곱다. 양껏 노랑을 마신 달팽
이는 한 송이 원추리를 잉태하여 내뱉는 날숨마다 등황색 종소리
를 울리고 풀숲은 금빛 군무로 일렁이게 된다는 것이다. '천형의
길 걸어온 서툰 걸음/ 깨어지지도 부서지지도 않는 빛 속에서/ 가
릉빈가의 날개를 꿈꾸며/ 날마다 길어 올리는 달빛의 노래'는 달
팽이의 지난한 삶으로 이룩한 이상의 세계이며 꿈의 노래이다. 사

람의 머리에 새의 몸을 갖고 싶은 달팽이의 꿈은 자유롭게 하늘을 날고 싶은 극진한 동심의 염원이다. 시 「아기 다람쥐」 또한 동심의 세계를 여는 천진한 몸짓들이 돋보인다. '옹알이를 퍼내는 모습이/ 꼭 도토리를 갉아먹는 다람쥐다/ 날아가는 새의 자세로 잠을 자거나/ 토끼의 날랜 허리로 뒤집기를 하고/ 잠시의 고정도 허락지 않는/ 흔들리는 시계추처럼 건들거리는/ 큰 숲에 든 지 얼마 안 된 새끼 다람쥐'의 몸짓은 어린 생명이 스스로 감내해야 할 삶의 방법이다. 평생 다독여야 할 숲을 살아내기 위해 본능적으로 다가서는 튼실한 교육장을 익히는 중이다. 보송한 솜털이 삐죽 솟은 나뭇가지에 쓸리기도 하지만, 작년에 가지에서 떨어져 누운 마른 나뭇잎의 버석거림까지 두려울 수 있지만, 숲속 마련된 놀이터에서 오물오물 도토리를 갉아먹는 다람쥐의 자립은 머지않아 높은 나뭇가지도 당당히 기어오를 날이 머지않았음을 예감하게 한다.

광대들이 뛰노는 무대
광대 하나 무대 뒤에서
웃고 있다

신명 나게 춤추던 몸짓
푸른 나뭇잎처럼 반짝이던 눈빛

거미줄로 이어진 인연 단번에 끊고

화려한 옷 모두 벗어

달빛으로 갈아입은 광대

그 빛 타고 달에 가면 만날 수 있을까

손 갈퀴로 낟알 모으던 묘기

증류주를 소화해내는 능력

아무도 따라오지 못할 서글픈 재능

모두 내려놓고 웃고 있다

종횡무진 무대를 누빈 광대

그리운 밧줄 타고 꿈에 가면

만날 수 있을까

무대 아래 광대

— 시 「광대」 전문

달려와 그의 집 앞을 서성인다

차마 대문을 열지 못하고

잘 있을까, 잘 있겠지

혼자 안부를 묻다가

봄꽃에 눈길을 맞춘다

꽃은 얼굴을 내밀어 존재를 알리는데

그는 뒷모습 한 번 보이지 않는다

꼭꼭 숨었다

소식 없음을 소식으로 알아야 하는

무심히 지나는 바람 곁에서

창문을 기웃거리는데

멈추어 서서 들여다보는

추모의 집 23512호

     – 시 「불통 – 숨바꼭질」 전문

 동물이나 식물이거나 생명을 보유한 존재들에게는 그만이 지니고 있는 삶의 방법으로 세상을 살아낸다. 그 세상을 김태실 시인은 광대들의 무대라고 한다. 이렇게 저렇게 그의 몸짓으로 보여준 편린들을 모아 몸으로 느끼며 가슴에 담아온 시인은 시 「광대」에서 확고하게 조명해 보이고 있다. 광대들의 무대는 세상의 중심이다. 생명이 살아있는 사람들이 혼신으로 한 판 굿 놀이로 판을 여는 주인공들이다. 그러나 시 「광대」는 광대들이 뛰노는 무대 뒤에서 조용히 웃고 있는 한 사람을 주목하게 한다. '신명 나게 춤추던 몸짓/ 푸른 나뭇잎처럼 반짝이던 눈빛/ 거미줄로 이어진 인연 단번에 끊고/ 화려한 옷 모두 벗어/ 달빛으로 갈아입은 광대'를 기억하고 있다. 생명의 힘으로 가질 수 있던 모든 조건들을 깡그리 내려놓고 오직 달빛의 옷으로 갈아입은 유일한 한 사람을 그리워하고 있는 모습이다. '손 갈퀴로 낟알 모으던 묘기/ 증류주를 소화해내는 능력/ 아무도 따라오지 못할 서글픈 재능/ 모두 내려 놓고 웃고 있다/ 종횡무진 무대를 누빈 광대'가 이제 무대 뒤에서 나 만날 수 있는, 무대 아래의 한 사람을 소환하고 있는 것이다. 달 빛 타고 달에 가면 만날 수 있을까, 밧줄 타고 꿈에 가면 만날 수 있을까, 그리움의 무게를 키우고 있다. 시 「불통 – 숨바꼭질」에 이 르러 시인의 두 번째 시집에 담긴 메시지가 예사롭지 않음을 보 다 더 확인하게 된다. 물론 시집의 페이지도 두께를 더하여 다양 한 주제의 시편들로 의미를 다하고 있지만 이 시집의 전반적인 핵심 의지는 먼 곳 저세상에 들어 소통이 불가한 남편을 향한 그 리움의 노래이다. 절절한 사부곡思夫曲으로 이별의 슬픔을 매우 곡 진하게 전하고 있다. '달려와 그의 집 앞을 서성인다/ 차마 대문 을 열지 못하고/ 잘 있을까, 잘 있겠지/ 혼자 안부를 묻다가/ 봄꽃 에 눈길을 맞춘다' 계절의 수호신처럼 꽃은 얼굴을 내밀어 존재 를 알리는데 그는 뒷모습 한 번 보이지 않는다는 것이다. 꼭꼭 숨 어 '소식 없음을 소식으로 알아야 하는' 안타까움으로 서 있다. '무 심히 지나는 바람 곁에서/ 창문을 기웃거리는데/ 멈추어 서서 들 여다보는/ 추모의 집 23512호' 쉬이 발길 떨어지지 않는 슬픈 아 내의 초상이 애처롭다.

　　　창밖은 비
　　　사선의 빗살에 서 있는 묵언의 몸체

예고 없는 빗줄기에 흠뻑 젖는다

우산이 꽃으로 피는 날

바삐 횡단보도를 건너는 무리

오고 가는 자동차 행렬

일상이 축제다

그곳에서 튕겨 나와 머무는 세계

세상 살 힘 얻기까지 기다려야 하는

휘청 흔들리고 부서진 마음 추스르는

신음 숨어있는 생의 인큐베이터

양수 속 태아처럼 감싸인 보호막에는

소나기도, 부딪침도 없다

삶이 그리는 화폭의 양면

약 먹는다

약이 되는 시간 먹는다

침묵이 나를 먹는다

－시 「바깥쪽 VS 안쪽」 전문

틀 없는 창 너머 비인 가슴에

푸석한 발자국을 일으켜 세우며

집 한 채 허물고 있는 바람

뼈대와 뼈대 사이 툭툭 건드려

부슬부슬 서로 손 놓게 하고

지나가는 시간 위에

양념처럼 얹어주면서

쌓인 먼지 휘젓고 있다

어둠 오면 어둠에

밝으면 밝는 대로 정물처럼 서서

조금씩 낡아가는 휑뎅그렁한 속

핏빛 노을 향해

나지막이 부르는 이름 하나

짓다만 건물

바람 가득하다

– 시 「바람의 집」 전문

　시 「바깥쪽 VS 안쪽」은 양면의 구도로 바라보는 삶의 경계이다. 창 안과 창밖의 시선으로 시인이 직감한 것은 무엇일까. 창밖은 비가 내리고 사선의 빗살에 서 있는 묵언의 몸체는 예고 없는 빗줄기에 흠뻑 젖는다. 사선의 빗살에 서 있는 모든 존재들은 누구일까. 아니 무엇일까. 그들은 길가 나무일 수 있고, 그들은 가로수 밑 돌멩이일 수 있다. 예고 없이 흠뻑 젖고 말아 난데없이 벼랑 끝에 밀려 절망에 드는 아픈 존재가 된다. 다만 '우산이 꽃으로 피는 날/ 바삐 횡단보도를 건너는 무리/ 오고 가는 자동차 행렬/ 일상이 축제'가 되는 안쪽과 바깥쪽의 근원을 어떻게 분리해야 하는지 시인은 이렇게 말하고 있다. 그 어느 것도 아닌 '그곳에서 튕겨나와 머무는 세계/ 세상 살 힘 얻기까지 기다려야 하는/ 휘청 흔들리고 부서진 마음 추스르는/ 신음 숨어있는 생의 인큐베이터' 안이다. 그리고 약을 먹는다. 약이 되는 시간을 먹는다. 침묵이 나를 먹고 있다. 삶이 그리는 화폭의 양면이다. 시 「바람의 집」은 가슴 무너져 내리는 아픔을 상징하는 언어의 조각으로 만나게 되는 절망이다. '틀 없는 창 너머 비인 가슴'처럼 위태로운 상황이 있을까. '푸석한 발자국을 일으켜 세우며/ 집 한 채 허물고 있는 바람'의 심정이 처연하다. 조금씩 조금씩 허물어지는 바람의 집, 뼈대와 뼈대 사이 툭툭 건드려 부슬부슬 서로 손 놓게 하고 지나가는 시간 위에 쌓인 먼지 휘젓고 있는 바람의 집은, 혹여 우리네 어버이가 숨을 줄이며 마음을 내려놓는 생의 길목이지 싶다. '어둠 오면 어둠에/ 밝으면 밝는 대로 정물처럼 서서/ 조금씩 낡아가는 휑뎅그렁한 속/ 핏빛 노을 향해/ 나지막이 부르는 이름 하나' 짓다만 건물이다. 그곳에는 바람이 가득하다. 홀가분하게 가벼운 생의 끝이다.

　　김태실 시인의 두 번째 시집 『시간의 얼굴』 읽기를 마무리한다. 음으로 양으로 직조한 언술들이 예사롭지 않아 깊은 감동으로 감상했다. 생사의 갈림길에서 손을 놓아버린 남편에 대한 그리움이

처절한 울림으로 아프게 했다. 지난한 이별의 상처에서 견디어낸 시인의 지난 시간이 더욱 견고한 내일을 밝히는 힘으로 자리하게 될 것이라는 생각을 한다. 그간 수필 쓰기와 시 쓰기를 병행하며 많은 시행착오를 견디어 왔다고 생각하지만 오늘의 성과를 위한 빛나는 투신이었다.

시간의 얼굴

시간의 얼굴

김태실 시집

RAINBOW | 088

시간의 얼굴

김태실 시집